日本文學經典賞析

❷中古文學篇

雋永傳世的散文

世新大學日本語文學系
蔡嘉琪教授　著

叢書序

在時代的大河中，與文學相遇

文學，是文化呈現的一個方式，透過文學作品的賞析，可以更深入理解文學背後的文化意義。諸多文學作品經過時代的洗禮，成為經典，流傳至今。無論是戀愛故事、英雄故事、志怪故事、神話傳說、傳統詩歌或是近現代小說；無論是採用隨筆、小說、詩歌或是其他的文學類型，文學作品中所描繪的角色形象，或是令人感動、驚奇等等扣人心弦的場景，都使得這些文學作品呈現出不同時代人們生活的多種面向。其中的詞章語句，亦流露出豐富的美感與文藝性，使人沉醉其中，或喜不自勝，或感動哀愁。經典文學作品有著此般力量，才得以在時代的洪流中屹立不搖、永久流傳。

臺灣，無論在歷史、文化、社會經濟、政治外交等各方面都與日本有著密切的關連，每年學習日語或是前往日本旅遊的人口不計其數，由此可知臺灣民眾對於日本文化（包含動漫文化）有著高度的興趣。在此社會文化背景下，本套叢書聚集九位在臺灣各大學執教鞭的文學老師共同編撰，精心摘選各時代的經典文學作品，分別以「作者與作品簡介」、「原文摘錄」、「日文摘要」、「中文摘要」、「作品賞析」、「延伸學習」、「豆豆小知識」等項目進行解說，引領日語學習者以及日本文學愛好者，藉由此套叢書進行自主學習以及課後延伸學習，以增進對日本文學的賞析能力，以及其背後之文化層面的理解。

本套叢書共有九冊，分別為《上代文學篇》、《中古文學篇》、《中世文學篇》、《近世文學篇》、《近代文學篇》。除了《上代文學篇》將散文與韻文合為一冊，以及《近代文學篇》分為「明治・大正時期」與「昭和前期」，並將散文與韻文合為一冊外，其餘各個時代的散文與韻文各分一冊，以期更完整收錄各時代經典作品。以下為各冊簡介：

第一冊《上代文學篇》由筆者負責撰寫，節選《古事記》、《日本書紀》、《萬葉集》、《風土記》、《懷風藻》等書中的經典作品，例如：〈黃泉國故事〉、〈海宮訪問故事〉、〈聖帝傳說〉、〈浦島傳說〉、〈羽衣傳說〉、〈大津皇子的臨終歌〉等，嘗試透過神話傳說、萬葉詩歌、漢詩、地方軼聞，配搭筆者的田野調查資料，帶領讀者進入神祕卻又奔放的上代文學世界。

第二冊《中古文學篇（散文）》由世新大學日本語文學系蔡嘉琪老師撰寫，精選出《源氏物語》、《土佐日記》、《枕草子》、《今昔物語集》等平安時期雋永傳世的散文作品，類型涵蓋物語、日記、隨筆、說話等。當中選錄的未必是知名的章節，作者希望透過現代人的視角加以詮釋，以循序漸進地引導現代讀者走入平安文學的優雅世界。

第三冊《中古文學篇（韻文）》由東海大學日本語言文化學系陳文瑤老師撰寫，精選《古今和歌集》、《詞花和歌集》等六部朝廷命令編纂的和歌集，收錄其中代表作。內容描繪平安朝和歌發展的脈絡與情感，全書兼顧原文韻味與現代詮釋，以親切易懂的導讀，陪伴讀者輕鬆親近中古時代的和歌文化，感受平安貴族社會的美感意識與細緻情懷。

第四冊《中世文學篇（散文）》由臺灣大學日本語文學系曹景惠老師撰寫，精選隱者文學《方丈記》、《徒然草》，軍記物語《平家物語》，說話文學《十訓抄》、《沙石集》、《宇治拾遺物語》等中世時期代表作品，帶領讀者一同領略中世社會的信仰、思想、美意識與生命觀，進而體會動盪時代中人們對心靈安寧的追求與生命無常的省思。

第五冊《中世文學篇（韻文）》由淡江大學日本語文學系蔡佩青老師撰寫，涵蓋《新古今和歌集》、《小倉百人一首》、《玉葉和歌集》等各類型和歌選集，亦延伸至與和歌發展息息相關的連歌及謠曲。精選膾炙人口的名歌，以輕鬆說故事的筆觸，描繪和歌詩人的人生故事與詠歌背景，搭配雅致易懂的中文譯文，帶領讀者感受純日系的詩情風雅之境。

第六冊《近世文學篇（散文）》由元智大學應用外語系梁蘊嫻老師撰寫，內容涵蓋草雙紙中的兒童讀物、黃表紙與洒落本中的滑稽諷刺、浮世草子的人生寫照，及合卷與人情本的世間情態。並收錄淨瑠璃與歌舞伎劇作，展現人性與時代交錯的深刻描繪。另納入前後期讀本與怪談作品，勾勒近世文學奇想的世界，呈現江戶庶民文化的多元風貌。

第七冊《近世文學篇（韻文）》乃中國文化大學日本語文學系沈美雪老師執筆，精選江戶時代庶民文藝之菁華，以雅俗兼備的俳諧與幽默諷刺的川柳為主軸。收錄寄身浮世、行腳天涯的松尾芭蕉詩作，遊歷吟懷之《野晒紀行》、《笈之小文》、《奧之細道》。並收錄鄉思婉轉、詩畫相依的與謝蕪村；天真率性、詩出自然的小林一茶等人作品。

第八冊《近代文學篇（明治．大正時期）》由政治大學日本語文學系高啟豪老師撰寫，聚焦明治、大正文學發展。探討二葉亭四迷的言文一致體帶來的近代化，夏目漱石與森鷗外筆下的個人精神覺醒，並介紹自然主義的田山花袋、白樺派的有島武郎、耽美派的谷崎潤一郎，以及芥川龍之介、宮澤賢治等作家呈現的思想內核，勾勒近代文學多元的樣貌。

第九冊《近代文學篇（昭和前期）》由元智大學應用外語系廖秀娟老師精心編撰，聚焦於昭和初期至二戰結束前後的文學脈動。透過對江戶川亂步、小林多喜二、太宰治、中島敦、原民喜等作家的作品分析，展現了當時文學如何與社會變遷、個人命運及時代衝突相互交織。書中從偵探、革命、疾病、原爆等多角度深入探討，使讀者能夠更全面理解昭和文學的獨特面貌與歷史意義。

此套叢書的九位作者，在服務、教學、研究這胡椒鹽（服教研）忙碌的生活中，利用週末假日、寒暑假撰寫書籍並前往日本取材取景，歷經十次左右的編輯會議，共同討論編撰方向。若非作者群的老師們對於日本文學的熱愛、對於想將日本文學的瑰寶傳遞給年輕學子的熱忱、對於團隊合作的互助與包容；若非犧牲奉獻、無私無我的精神，此套叢書著實難以誕生，在此特別感謝作者群老師們的努力不懈與堅持。後續將會配合各書的進度，依序付梓。

此外，在出版業生存困難的今日，瑞蘭國際出版的王愿琦社長、葉仲芸副總編輯以及編輯團隊的夥伴，願意秉持「出好書」、「貢獻社會」的態度，長達數年的光陰，不斷鼓舞作者群，並於編輯期間付出極大的耐心與細心進行校訂，才得以讓此套叢書與讀者有機會相遇。期盼透過這套叢書，能為日本文學之學習者帶來更加完備的文學素養，同時兼具知識性與趣味性，引領學習者愉悅地進行自主學習、品嚐日本文學之美。

國立政治大學日本語文學系教授
兼本叢書召集人
鄭家瑜
二〇二五年四月吉日　於臺北木柵

推薦序

穿越時空的文學珠玉之光——日本平安時代散文的藝術與思想

日本文學自古以來承載著豐厚的文化內涵，其中平安時代的散文作品，更以其獨特的美學價值、精湛的語言藝術及深刻的思想性，成為東亞文學史上閃耀不滅的瑰寶。《日本文學經典賞析　②中古文學篇：雋永傳世的散文》正是一本能夠帶領讀者穿梭於中古日本文學世界的嚴謹之作，透過對「物語」、「日記」、「隨筆」、「說話」四種文學型態的細緻剖析，揭示了它們在文學史上的深遠影響，以及其超越時代的生命力。

物語——虛實交融的夢幻世界

物語作為中古時期最具代表性的敘事文類，不僅承載了當時社會的審美意識，更是構築夢幻與現實的橋樑。自《竹取物語》開創物語文學的先河後，日本文壇便陸續誕生了諸多膾炙人口的經典之作。這些作品在假名文學的發展之下，逐漸從記錄古老傳說與神話，轉向對人性、社會、愛情與命運的細膩描繪。

其中，《源氏物語》無疑是物語文學的集大成之作，被譽為世界最早的長篇小說。紫式部以女性獨特的視角，透過細膩而綿長的筆觸，勾勒出貴族社會的愛情糾葛、權力變遷與人生無常，讓這部作品歷久彌新，成為日本文學史上的不朽經典。這些作品不僅是中古時期貴族文化的寫照，更是日本文學邁向成熟、探索人類情感與社會關係的重要標誌。

日記——個人視角的歷史縮影

日記文學最初是貴族男性以漢文記錄政務與日常的工具，然而隨著女性假名文學的興起，這一文類逐漸轉變為個人內心世界的抒發場域，展現出強烈的主觀情感色彩與敘事藝術。

紀貫之的《土佐日記》，以第一人稱的女性視角書寫，為日記文學帶來了抒情性與文學性，開創了日記文學的新格局。此後，《蜻蛉日記》、《和泉式部日記》、《紫式部日記》與《更級日記》等作品陸續問世，皆以女性敏銳的觀察力，細膩地描繪宮廷與家庭生活中的喜悅與悲傷，展現出日記文學作為歷史縮影的珍貴價值。

這些日記作品不僅是個人生命經驗的記錄，也提供了寶貴的文化史料，讓後人能夠一窺中古時代女性的生活樣貌與心理世界。日記文學因此不再只是單純的日常記述，而是一種富含藝術價值的抒情文體。

隨筆——自由筆觸下的思想火花

隨筆是一種極富個人色彩與思想深度的文學類型，形式自由，內容廣泛，涵蓋生活觀察、哲理思考、社會評論等各種主題。這種文類賦予作者無限的創作自由，使其成為個人情感與智慧火花的展現場域。

最早的隨筆作品《枕草子》，由清少納言執筆，她以細膩幽默的筆調，記錄宮廷生活的點滴，從日常瑣事到審美趣味，無不充滿機智與風雅，奠定了隨筆文學的藝術高度。此後，中世紀的《方丈記》與《徒然草》延續了這一傳統，前者由鴨長明撰寫，以無常觀為核心，描繪世事變遷與人生短暫，表達對生命本質的深沉思考；後者則是吉田兼好的隨想錄，內容涵蓋哲學、倫理、人生觀，並以詼諧的筆調呈現深刻的智慧。

這三部作品合稱「日本三大隨筆」，不僅影響了後世日本文學的發展，也為世界文學提供了獨特的東方思想視角。隨筆文學的價值，在於它不受敘事規則的束縛，使讀者能夠直接感受作者的內在世界與瞬間靈感。

說話——寓教於樂的智慧寶庫

說話文學源於佛教的傳播，最早的作品多為佛教故事，旨在教化世人，如《日本靈異記》便是這類文學的典範。然而，隨著社會發展，說話文學的題材日益豐富，逐漸涵蓋世俗故事，並發展出《今昔物語集》這樣的龐大作品。

《今昔物語集》是一部收錄了印度、中國與日本故事的巨著，內容涉及宗教、歷史、民間傳說、社會百態，反映了中古時期的價值觀與信仰，也為後世小說、戲劇的發展奠定了基礎。這些故事既有勸善懲惡的寓意，也富含幽默與機智，讓讀者在閱讀的同時，亦能感受到深刻的文化意涵。

說話文學不僅是中古時期的文學形式，更是民間智慧的結晶。它在說故事的過程中，潛移默化地傳遞道德觀念與生活哲理，使其成為日本中古文學中最具親和力的文類之一。

結語——中古文學的永恆價值

《日本文學經典賞析　②中古文學篇：雋永傳世的散文》透過對「物語」、「日記」、「隨筆」、「說話」四種文學類型的深入探討，帶領讀者進入一個充滿詩意與思想的世界。這些作品不僅展現了日本中古文學的美學價值，更映照了時代變遷中的人性與社會風貌。它們或虛構、或寫實，或抒情、或哲思，共同構築出日本文學的瑰麗篇章。

本書的學術貢獻，不僅在於對文本的深入解析，更在於它提供了一個系統性的框架，使讀者能夠從宏觀的角度來理解中古日本文學的發展脈絡。例如，書中探討了從貴族文學到武士文學的轉變過程，並揭示佛教思想如何從文學作品中展現，這對於研究日本文學史的學者來說，無疑是極具參考價值的視角。

總體而言，《日本文學經典賞析　②中古文學篇：雋永傳世的散文》不僅是一部優秀的文學選集，更是一座連結中古日本文學與現代讀者的橋樑。它讓中古文學不再只是歷史的遺跡，而是能夠活在我們的閱讀與思考之中的智慧寶庫。無論是對日本文學有興趣的讀者，還是從事相關研究的學者，本書皆是一部值得深入閱讀與收藏的佳作。

輔仁大學日本語文學系教授
行政副校長

作者序

流轉千年的魅力：我與平安文學的邂逅

緣起

二〇二三年暑假的一天午後，手機傳來了一則簡訊，問我有沒有興趣一起編一套日本文學經典賞析的書。「寫，當然要寫」，當時滿腦子只想著自己何其有幸能參與這麼大規模且有趣的出版計畫，至於自己知識量足不足？到底有沒有文采？有沒有時間寫？等至關重要的問題，早就被我拋諸腦後了。兩分鐘後，我回覆了訊息：「聽起來十分有趣，我很有興趣。」

平安文學的魅力所在

前陣子大學同學聚會，話題當然不脫大學期間的回憶，席間有人問我是不是在就讀日文系的期間埋下了從事研究或投身教職的種子？擺了擺手，連忙否認。大學真的只能說是啟蒙階段，日本文學作品當然或多或少接觸過。但是從事研究？投身教職？完全不在我的人生規劃裡。實際意義上真正開始研究，要到在職場上拖磨了幾年，厭倦了社畜生活，轉而懷念起校園生活的美好，考上日本交流協會獎學金，必須決定研究方向以申請研究所的時期了。

當時想著文學應該是最容易入門的領域，陰錯陽差之下一腳踏進了（或者應該是說被拖進了，這又是另一個故事了）日本古典文學的領域。但是我對古典文學一竅不通，總得先選個時代、作者或是作品，寫成小論文交上去，才能拿到入學許可，順利出國。手中的日本文學史課本翻來翻去，怎麼翻都停在平安時期。決定的關鍵是平安時期是唐風文化與國風文化的轉換期，此一時期有許多與中國相關的創作題材、承襲自中國的文學形式，對學了國文那麼久、（自以為）國文造詣還算不錯的無知外行人（就是我本人）來說，看起來似乎還算應付得來（哪來的自信？）。最難的第一步邁出之後，緊接而來就是更難的第二步（喂～），慢慢地似乎也開始能領略箇中滋味，尤其是此一時期的作品常見中日兩國元素交織其中，時而圓滿融合、時而各自獨立、激烈碰撞，兩者相遇後創造的和諧、衍生的矛盾、迸發的火花，無一不是魅力所在。沒想到，就這麼陷入平安文學的魅力之中，一路到了現在。

除了明確劃分時代與文類之外，這套叢書將選擇作品與章節的權限交給了作者。

我所負責的平安時期散文的範疇之中，經典作品不勝枚舉，要從當中割捨哪一本，都難免有遺珠之憾。最後選出以《源氏物語》為首的七部作品，一字排開，在平安文學史的重要地位毋庸置疑，也是日本文學史上的里程碑，更可視為世界文學經典。放眼古今，所有平安時期之後，甚至是現代的日本文學作品，可以說沒有一本不受到這些平安時期的經典文學作品所影響。這本書中選錄的有些或許不是作品最知名的章節，卻是我私心覺得有趣，用自己的觀點詮釋，再加上個人的意見，希望能帶領讀者穿越古今的時代差異、國界及語言的隔閡，感受到平安散文的無窮魅力。

尾聲與起點

從收到邀約後，資料收集、考證、動筆，歷經了兩年多的時間。回首這一段歷程，時隔數年再次重讀這些作品，不僅心中的悸動絲毫不減，或許是人生歷練與歲月沉澱的加乘之下，讀來更是別有一番韻味。隨著校對、編輯作業告一段落，出版在即，放下心中大石頭的同時，卻又隱隱有些惆悵，想著「這些內容合適嗎？明明還有更多精彩的作品想介紹……」。囿於篇幅，我想就將它當成一個起點，期盼往後能有機會再介紹更多平安時期的作品。

在此揭曉一開始傳送簡訊給我的人，就是政治大學外國語文學院鄭家瑜院長，感謝她的信任，帶我加入這個計畫。也感謝瑞蘭國際出版王愿琦社長的一路相挺、以及副總編輯葉仲芸小姐的大力協助，才能成就這本書的誕生。最後要說的是，撰寫、編輯過程難免有所疏漏，企盼各界先進不吝指教。

蔡嘉琪

目次

零

絢爛華美、百花齊放的平安四百年
平安時期散文作品總覽

1 平安時期概述

延曆十三年（西元七九四年）桓武天皇①（桓武天皇〔かんむてんのう〕）將首都從長岡京（長岡京〔ながおかきょう〕）（今京都府向日市、長岡京市、京都市西京區）遷至平安京（平安京〔へいあんきょう〕）（今京都府京都市），開啟了日本歷史上近四〇〇年的盛世——平安時代（平安時代〔へいあんじだい〕），由於介於古代與中世之間，又稱「中古時期」。平安初期是日本天皇集權與律令制度②發展

---

① 桓武天皇生於天平九年（西元七三七年），天應（天応（てんおう））元年（西元七八一年）即位，卒於延曆二十五年（西元八〇六年），是日本第五十代天皇。

② 日本參考中國唐朝的政治與社會制度，成為律令制國家，最早可追溯到飛鳥時代的「近江令」（「おうみりょう」，西元六六八年頒布），八世紀為其發展的巔峰，到了十世紀左右逐漸式微。

的頂盛期；中期開始，武士階層崛起；到了後期，政權從天皇家轉移至武士手中，政治權力的移轉是此一時期的重大轉變。

平安時代何時結束，歷史學家有不同的看法，第一種說法是以源賴朝（源頼朝（みなもとのよりとも））滅平氏③，朝廷賜予他任命全國各地首長權力的文治元年（西元一一八五年），為平安時期劃下句點。第二種則是以源賴朝受封「征夷大將軍」（征夷大将軍（せいいたいしょうぐん）），成立鎌倉幕府（鎌倉幕府（かまくらばくふ））的建久三年（西元一一九二年）為分界。由政治形態可將平安時期概分為三期，西元七九四至九四九年為前期，又稱「律令再興期」，以關白④藤原忠平（藤原忠平（ふじわらのただひら））之死為分界；西元九四九至一〇六八年為中期，稱為「攝關期」⑤，以後三条天皇（後三条天皇（ごさんじょうてんのう））即位為分界；西元一〇六八至一一九二年為後期，稱為「院政期」⑥。

除了國家實權由天皇移轉至幕府的政治意義之外，平安時期也是日本文學的走向大幅改變的關鍵。受到上代時期崇尚中國唐朝文化風氣的影響，平安前期仍延續漢詩文的熱潮，迎來了漢詩文的全盛期。九世紀後半假名（仮名（かな））的發明與普及，打破了

---

③ 平氏是平清盛（たいらのきよもり）創立的政權，活躍於平安時代末期，約西元一一六〇年代至一一八五年。
④ 「關白」（関白（かんぱく））是輔佐天皇執政的職務名稱。
⑤ 「攝關」（摂関（せっかん））為「攝政」（摂政（せっしょう））與「關白」之合稱。「攝政」是代理天皇執行政務一職，「關白」則是輔佐天皇執政的職務。平安時期藤原家作為外戚，以攝政與關白之職把持朝政，稱之為「攝關政治」，故此一時期被稱為「攝關期」。
⑥ 院政始於應德三年（西元一〇八六年）白河天皇讓位給年方八歲的崛河天皇，成為上皇，代替天皇繼續執掌朝政。

漢文創作的侷限，此後開始陸續有以假名書寫的創作問世，逐漸扭轉了獨尊漢文的文學風潮，開創了「國風文化」[7]的盛世。

綜上所述，在政治的層面上，政權由天皇移轉至武士。文藝風潮方面，由唐風文化轉向國風文化；原本專屬宮廷的貴族文學，由於假名的出現，帶動了庶民文學的蓬勃發展，集中於都會的文藝創作，漸次在地方開花結果。以男性為主的文學創作，加入了女性的參與，締造了女流文學的巔峰期。就各種層面上而論，平安時期都是日本歷史上一個充滿劇烈轉變的重要過渡期。

2 散文形式之文類

平安時期的散文主要有「物語」、「日記」、「隨筆」、「說話」四種形式，以下將分別介紹各文類出現的背景及其代表性作品。

① 物語（物語）

日文當中的平假名（平仮名）出現於平安初期，此時開始有人使用假名記錄下日

⑦ 日本派遣遣隋使、遣唐使與中國交流開始，到平安中期，中國的文化在日本的各個層面產生了影響，故稱此一時期的文化風潮為「唐風文化」。平安中期開始，此一風氣逐漸式微，取而代之的是具日本特色的文化形式，稱之為「國風文化」。

本自古流傳的神話、傳說，「虛構物語」（作り物語）的文類於焉而生。現存最早的虛構物語就是《竹取物語》（竹取物語）⑧，除此之外，《宇津保物語》（宇津保物語）⑨、《落窪物語》（落窪物語）⑩皆為具代表性的作品。

約莫同一時期，也出現了以和歌為中心的短篇物語，稱為「和歌物語」（歌物語）。開創和歌物語體例的便是《伊勢物語》（伊勢物語）⑪，之後又有《大和物語》（大和物語）⑫、《平中物語》（平中物語）⑬等和歌物語出現。相較於虛構物語描述傳說的內容以及充滿幻想的特質，和歌物語多為寫實的內容，偏向抒情的性質。

結合虛構物語的虛構性以及和歌物語的抒情性，再加上日記文學抒發心境的性質，平安中期十一世紀初期，《源氏物語》（源氏物語）⑭橫空出世。這部作品不但是物

⑧ 詳參本書第一章。

⑨《宇津保物語》的成書時間與作者不詳，根據推測，大約完成於平安中期西元九七〇至九九九年間，可能出自當時的歌人源順（みなもとのしたごう）之手，為日本最古老的長篇物語。全書共二十卷，以清原（きよはら）一家傳承四代的琴技為主軸，涵蓋了求婚譚以及政權之爭的內容，其中求婚的情節便是受到《竹取物語》的啟發。

⑩《落窪物語》完成於十世紀末，作者不詳。全書共四卷，以受到繼母虐待的落窪之君（落窪の君〔おちくぼのきみ〕）為主角，被視為日本版的《灰姑娘》。

⑪ 詳參本書第二章。

⑫《大和物語》成書時間與作者不詳，推估基本架構完成於天曆五年（西元九五一年），數年後的西元一〇〇〇年左右增補而成。全書包含了三〇〇首和歌，共一七三段。前一四〇段為以當時歌人所詠的和歌為主的和歌物語；後半則以與和歌相關的傳說為中心。

⑬《平中物語》成立於康保二年（西元九六五年）之前，作者不詳。全書以平安中期風流倜儻著稱的歌人平貞文（たいらのさだふみ／さだふん）的戀愛故事為主題，由三十九段組成，收錄一五九首和歌，其中有九十九首出自平貞文之手。

⑭ 詳參本書第三章。

語文學的代表著作，也是平安朝宮廷文學、貴族文學、都會文學、女流文學、國風文化的巔峰，更是全世界無人不知、無人不曉的日本文學巨著。

《源氏物語》是日本古典文學的一大里程碑，不但揉合此前各種文學類型的特色，也對之後的日本文壇造成了莫大的影響。其後問世的《濱松中納言物語》（浜松中納言物語）⑮、《夜半寢覺》（夜半の寝覚）⑯、《狹衣物語》（狭衣物語）⑰、《換身物語》（とりかへばや物語）⑱等，無一不是受到《源氏物語》的啟發而催生的作品。這些作品中不管是情節或是人物的描寫，隨處可見《源氏物語》的影子，僅《堤中納言物語》（堤中納言物語）⑲與其他作品不同，開創了短篇物語的獨特風格，也走出

---

⑮《濱松中納言物語》據推測成書於平安中期，大約是西元一〇四五至一〇六八年之間，作者可能是菅原孝標女（すがわらのたかすえのむすめ，菅原孝標的女兒）。全書共六卷，首卷散佚，現存僅五卷，描述主人翁濱松中納言未能成就的戀情，故事場景由日本延伸至中國，內容包含了輪迴轉世等奇幻元素。

⑯《夜半の寝覚》又稱為《夜の寝覚》（よるのねざめ）或略稱為《寝覚》（ねざめ），與《濱松中納言物語》相同，據推測成書於平安中期，大約是西元一〇四五至一〇六八年之間，作者同樣可能是菅原孝標女。有五卷或三卷的版本，當中應有缺卷。主要內容在描述「寢覺之上」（寝覚の上〔ねざめのうえ〕）與「權中納言」（権中納言〔ごんちゅうなごん〕）兩人之間的戀情，其中細膩描寫登場人物之心境為本書最大的特色。

⑰《狹衣物語》據推測成書於西元一〇六九至一〇八一年之間，作者不詳，可能是六條齋院宣旨（六条斎院宣旨〔ろくじょうさいいんのせんじ〕），也就是源賴國（源頼国〔みなもとのよりくに〕）的女兒。全書共四卷四冊，內容圍繞著「狹衣大將」（狭衣大将〔さごろものだいしょう〕）與「源氏宮」（源氏の宮〔げんじのみや〕）兩人之間不被祝福的戀情，以頹廢、悲傷的美學風格著稱。

⑱《換身物語》之成書年代與作者不詳，推估原始架構完成於西元一一六八至一一八〇年之間，後世再據其改寫而成。主要描述權大納言膝下一雙個性迥異的兒女，姊姊剛強、弟弟溫婉，於是父親突發奇想將兩人交換性別撫養的故事。

⑲《堤中納言物語》由十篇短篇以及一未完殘篇組成，各篇作者不同。〈未能越過逢坂的權中納言〉（逢坂越え

了自己的路。

中古後期，原先天皇家與貴族把持的政權被迫交到武士手上，回想昔日的榮景，這些失勢、沒落的貴族階層不禁感嘆今朝的落寞，遂著手創作，由此出現了「歷史物語」（歷史物語）的類型。平安晚期的《榮花物語》（栄花物語）⑳、《大鏡》（大鏡）㉑、《今鏡》（今鏡）㉒、《水鏡》（水鏡）㉓，以及中世的《增鏡》（増鏡）㉔，皆為此一類型的代表之作。

ぬ権中納言（あふさかこえぬごんちゅうなごん））一篇由小式部（こしきぶ）完成於天喜三年（西元一〇五五年），其餘各篇完成的年代與作者不詳。〈未能越過逢坂的權中納言〉一文描寫的是生性怯懦的貴公子權中納言無疾而終的戀愛故事。與《源氏物語》之後成立的物語作品不同，本著各篇不僅有中古物語作品的頹廢之美外，更以正視現實與人生的觀點出發，且文風簡潔精鍊，被譽為《源氏物語》之後出現的中古物語作品中的佳作。

⑳ 《榮花物語》又稱《榮華物語》，分為正篇與續篇，成書年代與作者不詳。一說正篇三十卷為赤染衛門（あかぞめえもん）於西元一〇二八至一〇三七年之間所作，續篇十卷為出羽弁（いでわのべん）、周防內侍（すおうのないし）於西元一〇九二年完成。以時任攝政太政大臣的藤原道長（ふじわらのみちなが）為主軸，採用編年體撰寫貴族社會的歷史，因全書充滿對藤原道長的讚揚，缺乏批判精神而為人所詬病。然而其所開創出歷史物語的形式，在文學史上具有重大的意義。

㉑ 《大鏡》約成書於十二世紀初，作者不詳，是一部以紀傳體編寫的歷史物語，開創了「鏡物」（かがみもの，廣義指以和語撰述的歷史物語，狹義則專指「四鏡」）的體裁，與之後的《今鏡》、《水鏡》、《增鏡》合稱「四鏡」。作品以作者與老人對談的形式以及具批判性的觀點為其特色。

㉒ 《今鏡》約完成於平安末期，一說作者為藤原為經（藤原為経（ふじわらのためつね））。全書共十卷，是一部仿效《大鏡》的紀傳體形式所撰寫的歷史物語。

㉓ 《水鏡》約完成於平安末期至鎌倉初期，一說作者為中山忠親（なかやまただちか）。全書共三卷，以編年體撰寫，書中充滿佛教思想為其特色。

㉔ 《增鏡》約完成於室町前期，一說作者為二条良基（にじょうよしもと）。全書共二十卷，以編年體詳實記載史實，文體優美，在歷史物語的類型中的文學評價僅次於《大鏡》。

②日記（日記）

日記最早是任職於朝廷者或貴族男性每天的紀錄，以漢字寫下當天所見所聞作為備忘，著重於實用性。隨著平安初期女性使用假名的風氣盛行，以假名創作的日記作品也孕育而生。《土佐日記》（土佐日記）[25]就是第一部日記文學作品，由平安時期的知名歌人紀貫之（紀貫之）假托女性的身分書寫而成。這部作品除了開創了日記文學的形式之外，也具備紀行文學的特徵。

第一部真正出自女性之手的日記作品是《蜻蛉日記》（蜻蛉日記）[26]，此後陸續問世的《和泉式部日記》（和泉式部日記）[27]、《紫式部日記》（紫式部日記）[28]、《更級日記》（更級日記）[29]，皆出自女性之手。這些作品以內省的視角、虛實交雜的

㉕詳參本書第四章。

㉖《蜻蛉日記》為首部女性執筆的日記文學作品，收錄了藤原道綱母（ふじわらのみちつなのはは，藤原道綱的母親）在天曆八年（西元九五四年）至天延二年（西元九七四年），長達二十年間的紀錄，因此推測成書時間不早於天延二年。全書共三卷，描述作者在成長、婚姻、家庭的歷程中內心的種種感受，字裡行間細膩描述了身為女性的苦惱、煩悶、自我省思等。

㉗《和泉式部日記》如同書名，是歌人和泉式部（いずみしきぶ）約於寬弘四年（西元一〇〇七年）左右完成的日記作品。全書以第三人稱的視角，記述了作者與為尊親王（ためたかしんのう）相戀，故遭到父親斷絕關係以及丈夫的背棄，而後為尊親王過世，其與為尊親王之弟敦道親王（あつみちしんのう）之間相戀的過程。

㉘《紫式部日記》為《源氏物語》的作者紫式部（むらさきしきぶ）的日記。共二卷，集結了紫式部於寬弘五年（西元一〇〇八年）至七年（西元一〇一〇年）擔任中宮藤原彰子（ふじわらのあきこ／しょうし）身邊女官期間之紀錄與書信。

㉙《更級日記》出自菅原孝標女（すがわらのたかすえのむすめ，菅原孝標的女兒）之手，是四十年間的人生歷程所寫下的回憶錄。由此推測成書時間不早於寬仁四年（西元一〇二〇年）。全書共一卷，文中描述了她成長、

模式，運用女性獨有纖細的心思、敏銳的觀察，將日記提升至具有高度文學性的創作形式。平安末期，日記形式的創作風氣逐漸走下坡，轉而衍生出隨筆（隨筆）、紀行（紀行）等文學形式。

③隨筆（隨筆）

日本文壇的首部隨筆作品為《枕草子》（枕草子）[30]，內容包括了對自然、人物、事件、歷史、社會等各種見聞、感想、批判，是一種形式自由的創作模式。在日本文學史當中，歸類於隨筆的作品不多，除了平安時期的《枕草子》之外，最常提及的就是中世時期的《方丈記》（方丈記）[31]及《徒然草》（徒然草）[32]兩部作品，三者並稱為「日本三大隨筆」。

上京、入宮、結婚、生子、喪夫、晚年潛心向佛等人生經歷。

㉚ 詳參本書第五章。

㉛《方丈記》出自作家兼歌人的鴨長明（かものちょうめい）之手，成書於建保二年（西元一二一二年）長明五十八歲時。長明晚年時隱居於京都郊外一處一丈四方的草屋，書名「方丈」由此而來。書中使用詠嘆、對句等表現，刻畫作者身處亂世的無常思維。

㉜《徒然草》的作者吉田兼好（よしだけんこう）出身於掌管神社的家庭，本著約莫成書於西元一三三〇至一三三二年間。由一篇序段以及二四三段組成，內容多圍繞於無常、死亡、自然之美等主題。

④說話（說話）

日本現存最早的說話作品《日本靈異記》（日本霊異記）㉝，是奈良藥師寺僧侶景戒（景戒／景戒）所作。他有感於唐傳奇《冥報記》㉞以及收錄宗教靈驗譚的《般若驗記》㉟等中國的作品傳入日本，得以教化民眾，而日本竟沒有屬於自己的唱導作品㊱，因而興起創作的念頭。於是將平日在街頭巷尾聽來的奇聞軼事記錄下來集結成書，屬於佛教說話集的類型。平安時期同類型的作品還有《三寶繪詞》（三宝絵詞）㊲、《打聞集》（打聞集）㊳等，中世時期則有《發心集》（発心集）㊴、《沙石集》（沙石集）㊵為代表。

㉝ 詳參本書第六章。

㉞ 唐代任吏部尚書的唐臨以勸善懲惡為目的所撰，共二卷。

㉟ 《金剛般若集驗記》之略稱，為唐人孟獻宗所撰，全書共三卷，收錄了與《金剛般若經》相關的各種靈驗故事。

㊱ 念唱經文以宣揚教義，吸引信徒的書籍。

㊲ 《三寶繪詞》亦略稱為《三寶繪》（三宝絵〔さんぼうえ〕），為平安時期歌人源為憲（みなもとのためのり）於永觀二年（西元九八四年）所完成，全書共三卷，以佛教當中的佛、法、僧等三寶為名。上卷說明佛教的教義，中卷集結日本高僧的傳記，下卷記錄了各個季節舉辦的法會與儀式，是首部以假名撰寫的佛教說話集。

㊳ 《打聞集》的作者不詳，可能完成於平安後期的西元一一三四年之前，現僅存一卷。形式與《今昔物語集》類似，蒐羅了印度、中國、日本三國的佛教故事，共二十七話，其中與《今昔物語集》共通的就多達二十一話。

㊴ 《發心集》為鎌倉初期西元一二一六年左右成立的佛教說話集，作家兼歌人的鴨長明所著，現存八卷共一〇二話。「發心」指的是「發菩提心」，也就是求道之心，主要闡述放下執念、往生極樂等啟蒙、勸世、教化的內容。

㊵ 《沙石集》為鎌倉中葉弘安六年（西元一二八三年），禪宗高僧無住道曉（無住道曉〔むじゅうどうぎょう〕）為了教化民眾所編纂的佛教說話集，共十卷一三四話。

平安後期，出現了與佛教說話不同的世俗說話集的形式，內容不外乎有職故實[41]、漢詩文、街談巷語等，《江談抄》（江談抄〔ごうだんしょう〕）[42]、《古本說話集》（古本説話集〔こほんせつわしゅう〕）[43]為其代表。平安晚期，集結佛教與世俗兩種說話形式、收錄千餘話，由多達三十一卷所組成的《今昔物語集》（今昔物語集〔こんじゃくものがたりしゅう〕）[44]開始編輯，可惜的是作品完成前就遺失了，因此並未問世。但在平安時期衍生、發展至巔峰的說話文學形式，也對之後中世時期的文學產生了深遠的影響。

主要參考文獻

- 遠藤嘉基、池垣武郎（一九九九）《注解日本文学史》九訂版，京都：中央図書
- 真下三郎、饗庭孝男監修（一九九九）《新編日本文学史》改訂新版（三十九版），東京：教育図書出版第一学習社
- 浜島書店編集部（二〇〇六）《最新国語便覧》改訂新版，名古屋：浜島書店

㊶ 有關歷代朝廷公家和武家的法度、儀式、穿著、制度、官職、風俗、習慣等形式，及其出處之研究。
㊷ 《江談抄》約莫成書於平安後期西元一一一一年左右，由藤原實兼（藤原実兼（ふじわらのさねかね））將其師漢學家兼歌人大江匡房（おおえのまさふさ）的談話收集記錄而成。
㊸ 《古本說話集》的成書年代不明，有平安末期及鎌倉初期兩種說法，編者亦不詳。共收錄世俗說話四十六話與佛法說話二十四話，與《今昔物語集》內容多有重複。
㊹ 詳參本書第七章。

一 物語文學始祖——《竹取物語（たけとりものがたり）》

1 作者與作品簡介

中古時期初期，假名（仮名（かな））出現、逐漸普及，以當時流行於貴族與知識階層間的傳說、或是中國傳入的小說為主題的「虛構物語」（作り物語（つくりものがたり））孕育而生。最初的虛構物語就是《竹取物語》。這部日本現存最古老的物語成書年代不明，據推測其原型大約出現於延喜[①]年間，西元九一〇年之前，延喜之後增補成現存的版本。本書作者

① 醍醐天皇的年號，自西元九〇一至九二三年。

不詳，有源順（源順〔みなもとのしたごう〕）②、源融（源融〔みなもとのとおる〕）③、僧正遍昭（僧正遍昭〔そうじょうへんじょう〕）等說法，但均未被證實。

內容描述以砍竹為生、人稱「竹取翁」的人，一天在山中砍竹時，在一節發亮的竹筒中意外發現三寸大的女娃，因膝下無子，便帶回家撫養，取名「赫映耶姬」。女娃僅三個月便迅速長大成人，且貌美無比，吸引王公貴族前來追求。她給其中追求最熱烈的五人每人各一項難題，要他們取來一樣寶物，答應若取得就會與其成婚。隨著故事的推進，描繪了五人找尋寶物的經過，最終卻無一成功。此事傳到天皇耳裡，他也來向赫映耶姬求婚，赫映耶姬雖然婉拒，還是與天皇以和歌書信往來。到了第三年，赫映耶姬留下扶養自己的竹取翁夫婦以及天皇，返回月宮。

新編日本古典文學全集將《竹取物語》分為七章，各章又細分為數節。故事依時間順序推展情節，其中結合了「貴種流離譚」⑤、「求婚難題譚」⑥、「羽衣仙女譚」⑦、「地名起源譚」⑧等數種民間故事的母題貫串而成。原著被譯為各種語言流傳廣泛，中

② 平安中期的歌人、學者（西元九一一至九八三年），三十六歌仙中的一人。
③ 嵯峨天皇的十二皇子（西元八二二至八九五年），因曾任左大臣，又居住於六条河原院，故被稱為河原左大臣。
④ 平安前期的歌人、僧侶（西元八一六至八九〇年），名列六歌仙。
⑤ 以出身高貴的主人翁歷盡艱苦、顛沛流離為主題的故事。
⑥ 以解決難題作為結婚條件的故事。
⑦ 亦稱為「天鵝處女譚」，指仙女或天鵝之類的鳥類，變成人類女性外表的故事。
⑧ 某地因某一神話或傳說而得名的內容。

譯本則以豐子愷⑨及賴振南⑩的版本為人所知。亦有繪本、漫畫、戲劇、電影、歌舞伎、謠曲等多元形式的延伸及改編作品。

2 文本

原文摘錄⑪

①竹取の翁の紹介とかぐや姫のおいたち

いまはむかし、たけとりの翁といふものありけり。野山にまじりて竹をとりつつ、よろづのことにつかひけり。名をば、さぬきのみやつことなむいひける。その竹の中に、もと光る竹なむ一すぢありける。あやしがりて、寄りて見るに、筒の中光りたり。それを見れば、三寸ばかりなる人、いとうつくしうてゐたり。

翁いふやう、

⑨ 北京人民文學出版社於西元一九八四年出版。

⑩ 臺灣聯經書局於西元二〇〇九年出版。另有左秀靈譯本《中日對照：竹取物語》，由鴻儒堂書局於西元二〇一八年出版，此譯本推測應為同一譯者西元一九七四年名山出版社之《中日對譯竹取物語》所重新出版。

⑪ 摘錄自《竹取物語　伊勢物語　大和物語　平中物語》新編日本古典文学全集十二（小学館）。

「我朝ごと夕ごとに見る竹の中におはするにて知りぬ。子になりたまふべき人なめり。」とて、手にうち入れて、家へ持ちて来ぬ。妻の嫗にあづけてやしなはす。うつくしきこと、かぎりなし。いとをさなければ、籠に入れてやしなふ。

たけとりの翁、竹を取るに、この子を見つけて後に竹取るに、節をへだてて、よごとに、黄金ある竹を見つくることかさなりぬ。かくて、翁やうやうゆたかになりゆく。

この児、やしなふほどに、すくすくと大きになりまさる。三月ばかりになるほどに、よきほどなる人になりぬれば、髪あげなどとかくして髪あげせさ、裳着す。帳の内よりもいださず、いつきやしなふ。

この児のかたち顕証なること世になく、屋の内は暗き所なく光満ちたり。翁心地悪しく苦しき時も、この子を見れば苦しきこともやみぬ。腹立たしきこともなぐさみけり。

翁、竹を取ること、久しくなりぬ。勢、猛の者になりにけり。この子いと大きになりぬれば、名を、御室戸斎部の秋田をよびて、つけさす。秋田、なよ竹のかぐや姫と、つけつ。このほど、三日、うちあげ遊ぶ。よろづの遊びをぞしける。男はうけきらはず呼び集へて、いとかしこく遊ぶ。

世界の男、あてなるも賤しきも、いかでこのかぐや姫を得てしかな、見てしかなと、音に聞きめでて惑(まと)ふ。そのあたりの垣(かき)にも、家の門(と)にも、をる人だにたはやすく見るまじきものを、夜(よる)は安(やす)きいも寝(ね)ず、闇(やみ)の夜(よ)にいでても、穴(あな)をくじり、垣間見(かいまみ)、惑(まと)ひあへり。さる時よりなむ、「よばひ」とはいひける。

②かぐや姫、五人の求婚者に難題を提示

その中に、なほいひけるは、色好(いろごの)みといはるるかぎり五人、思(おも)ひやむ時なく夜昼来(よるひるき)たりけり。その名ども、石作(いしつくり)の皇子(みこ)・くらもちの皇子・右大臣阿部御主人(うだいじんあべのみうし)・大納言大(だいなごんおほ)

幼き、かぐや姫（国立国会図書館デジタルコレクション）

原圖連結：https://commons.wikimedia.org/wiki/File:%E7%AB%B9%E5%8F%96%E7%89%A9%E8%AA%9E_%E5%B9%BC%E3%81%8D%E3%80%81%E3%81%8B%E3%81%90%E3%82%84%E5%A7%AB.jpg?uselang=zh-hant#Licensing（西元二〇二三年八月十七日查閱）

伴御行・中納言石上麿足、この人々なりけり。

（中略）

日暮るるほど、例の集まりぬ。あるいは笛を吹き、あるいは歌をうたひ、あるいは声歌をし、あるいは嘯を吹き、扇を鳴らしなどするに、翁、いでて、いはく、「かたじけなく、穢げなる所に、年月を経てものしたまふこと、きはまりたるかしこまり」と申す。

「『翁の命、今日明日とも知らぬを、かくのたまふ君達にも、よく思ひさだめて仕うまつれ』と申せば、『ことわりなり。いづれも劣り優りおはしまさねば、御心ざしのほどは見ゆべし。仕うまつらむことは、それになむさだむべき』といへば、『これよきことなり。人の御恨みもあるまじ』といふ。

五人の人々も、「よきことなり」といへば、翁入りていふ。

かぐや姫、石作の皇子には、「仏の御石の鉢といふ物あり。それを取りて賜へ」といふ。くらもちの皇子には、「東の海に蓬萊といふ山あるなり。それに銀を根とし、金を茎とし、白き玉を実として立てる木あり。それ一枝折りて賜はらむ」といふ。いま一人には、「唐土にある火鼠の皮衣を賜へ。」大伴の大納言には、「龍の頸に五色に光る玉あり。それを取りて賜へ」。石上の中納言には、「燕の持たる子安の貝取りて賜へ」といふ。翁、「難きことにこそあなれ。この国に在る物にもあらず。かく難しきことをば、いかに申さむ」といふ。かぐや姫、「何か難からむ」

といへば、翁、「とまれ、かくまれ、申さむ」とて、いでて、「かくなむ。聞ゆるやうに見せたまへ」といへば、皇子たち、上達部聞きて、「おいらかに、『あたりよりだにな歩きそ』とやはのたまはぬ」といひて、倦んじて、皆帰りぬ。

日文摘要

①竹取の翁の紹介とかぐや姫のおいたち

昔、竹取の翁という者がいた。その翁は山に行って竹を取り、色々なものを作るのに使っていた。翁の名は、讃岐の造といった。ある日、竹の中に根もとの光る竹が一本あったので、翁が不思議に思って、近寄って見ると、筒の中が光っている。筒の中を見ると、三寸ほどの人が、とてもかわいらしい姿ですわっている。「私が毎朝毎夕見る竹の中にいらっしゃったので、私の子になるはずの人であるようだ。」と翁が言って、その子を持って帰り、妻に預けて育てさせた。そのかわいらしいことはこのうえもない。とても小さいので、籠に入れて育てた。

この子を見つけてからのちに竹を取ると、翁が節の中に黄金の入っている竹を見つけることがたび重なった。こうして翁はだんだん富み栄えていった。

この子は育てるうちに、ぐんぐんと大きくなっていった。三ケ月ほどたつうちに、人並みの大きさになったので、髪を結い上げさせ、裳を着せて、成人式を行った。外に一歩も出させないで、家の中で大切に育てる。

彼女の容貌の美しさはこの世のものとは思えず、家の中は暗い所もなく輝いていた。翁は気分が悪く、苦しい時も、この子を見ると、苦しいことがなくなり、腹立たしいことも忘れてしまうのである。

長い間竹を取り続いてきて、翁は金持ちになった。この子が大きくなったので、名前をかぐや姫と名づけた。翁は命名式を祝って、三日間、男を招き集めて、盛大に歌舞の宴を開いた。

男たちは、身分の高い者も低い者も、皆かぐや姫を妻にしたいと、噂に聞いて恋焦がれていた。翁の家の近くにも、かぐや姫が家の中にいて簡単には見られないのに、男たちは夜も寝ないで、家の中を覗き込み、うろうろしている。その時から、「よばひ」という言葉ができたのである。

②かぐや姫、五人の求婚者に難題を提示

そんな中で、それでもなお結婚を申し入れていたのは、色好みといわれる五人で、夜昼となく⑫通って来た。その名は、石作の皇子・くらもちの皇子・右大臣阿部御主

⑫ 不分日夜。

人・大伴御行・中納言石上麻呂足、といった。

（中略）

日が暮れると、いつものように、五人が集まり、それぞれ笛を吹いたり、歌をうたったりしていた。すると、翁が出てきて言うことには、「長い間この汚いところにお通いになること、恐縮です」と申し上げた。「私が姫に『この爺の命は長くないのだから、五人の方々の中から、一人を決めてお仕え申し上げなさい』と申しました。すると姫が、『五人の方々はどなたも優劣がつけがたいので、私の見たいものを用意してくだされば、そのお方のお気持ちはわかるはずです。私はそのお方にお仕えしましょう』と言う。その話を聞いた五人の貴公子たちも、「それはよいことだ」と言うので、翁が中に入ってかぐや姫にそのことを言った。

かぐや姫は、石作の皇子には、「仏の御石の鉢という物を取ってきてください」と言った。くらもちの皇子には、「東の海に蓬莱という山があり、そこに銀を根とし、金を茎とし、白玉を実とする木があります。それを一枝折ってきていただきたい」と言った。右大臣阿部御主人には、「唐土[13]にある火鼠の皮衣をください」。大伴の大納言には、「龍の頸に五色に光る玉を取ってきてください」。石上中納言には、「燕の持っている子安貝を取ってきてください」と言った。翁は「どれもできそう

⑬ 中國。

《竹取物語繪卷》（竹取物語絵巻）

原圖連結：https://catalog.lib.kyushu-u.ac.jp/opac_detail_md/?reqCode=fromlist&lang=0&amode=MD820&bibid=411797&opkey=B172385215065654&start=1&listnum=0&place=&totalnum=3&list_disp=20&list_sort=0&cmode=0&chk_st=0&check=000（西元二〇二四年八月十七日查閱）

「竹取物語絵巻 2」（九州大学附属図書館所蔵）を改変

「竹取物語絵巻 2」（九州大学附属図書館所蔵）部分

もないことのようだなあ。この国にある物でもない。そのような難しいことを、どのように申し上げようか」と言った。かぐや姫が「どうして難しいことがありましょうか」と言ったので、翁は、「とにかく申し上げてみよう」と言って、出てきて、「このように申しております。申す通りにお見せください」と言うと、皆それを聞いて、「このような難題を出すくらいなら、いっそう『これ以上来ないでください』とでもおっしゃったほうがまだよいのに」と言って、落ち込んで帰ってしまった。

中文摘要

①介紹竹取翁與赫映耶姬的身世

從前，有位名為「讚岐造」的竹取翁，到林間伐竹，以編織竹器為生。一天，他發現一根底部發亮的竹子，上前一看，有個三寸大的小孩在裡面。竹取翁說：「妳出現在我一天到晚看的竹子裡，應該是要來當我的孩子的吧！」於是將她帶回家，交給妻子養育。她長得十分可愛，由於太過幼小，便養育在竹籠當中。

自從發現這個孩子後，竹取翁屢次發現竹節中裝有金子的竹子，家境逐漸富裕。這個孩子成長迅速，僅三個月就已長大成人，夫妻倆就為她梳起髮髻，穿上衣裳，舉行成人禮。在家裡小心地養育，不讓她外出。

她的貌美程度無人能比，陰暗處都會因她而發亮。竹取翁有什麼不開心或生氣的事，只要看到她，心情就能平復。

採竹時間一久，竹取翁家境變得富裕。女孩長大後，竹取翁便為她取名「赫映耶姬」，為了慶祝命名，盛大地舉辦了三天的歌舞宴會。

世間男子不分貴賤，聽聞其美貌，人人心神嚮往，皆想娶赫映耶姬為妻。因此紛紛來到老翁家附近，徹夜不眠，窺視其中。於是出現了「夜這」一詞。

②赫映耶姬給五位貴公子的難題

天天到赫映耶姬家的人，因未能見到她，時日一久，就不再前往。其中只剩五位「色好」⑭之人，分別名為「石作皇子」、「庫持皇子」、「右大臣阿倍御主人」、「大伴御行大納言」、「中納言石上麻呂足」。

天黑之時，五人總是聚集於竹取翁的住處吹笛、唱歌。竹取翁出來對他們說：「總讓你們到這麼污穢的地方，心中實在過意不去。我對赫映耶姬說：『我也活不了多久，妳得從五人當中擇一出嫁。』她回答說：『我難以判斷五人孰優孰劣，如果他們能拿來我想看的東西，就應該能知曉其心意，那我就嫁給那個人。』」五人聽了都同意，竹取翁便進屋詢問詳情。

赫映耶姬說道：「請石作皇子取來佛之石鉢。東海有座蓬萊山，山上有銀根金莖白玉果實的樹，請庫持皇子折下一枝給我。請右大臣阿倍御主人取來中國的火鼠皮衣。請大伴御行大納言取來龍頸上的五色寶玉。請中納言石上麻呂足取來燕子的子安貝。」竹取翁說：「每一樣都好像難以取得，且非國內之物。這麼難的事該如何啟齒？」赫映耶姬回：「怎麼會難呢？」竹取翁出去告訴他們。五人聽後，說：「與其出這種難題，倒不如直說要我們別再來此吧！」於是沮喪地離開了。

⑭ 風流多情之人。詳參下節「延伸學習」說明。

3 作品賞析

①介紹竹取翁與赫映耶姬的身世

開頭介紹了故事兩個主要人物——竹取翁及赫映耶姬。首先關於竹取翁的姓名，原文標示為「さぬきのみやつこ」，根據新編日本古典文學全集的頭注說明，推測「さぬき」應為「さるき」之誤抄，再對應到「讃岐」或「散吉」等漢字，「散吉」出自古地名大河國廣瀨郡散吉鄉（相當於今奈良縣北部的葛城郡），竹取翁可能是居住於當地的讃岐氏一族。「みやつこ」有侍奉朝廷之人的意思，相當於該地方的鄉長，也有以其為姓氏的家族。發展到故事的後半，以「みやつこまろ」稱呼竹取翁，此一官職名已經成為他的代稱了。

當竹取翁一次次地在竹節之間發現黃金，家境富裕之後，由於女孩也已長大成人，便請來一位名為「御室戶齋部秋田」（御室戸(みむろと)斎部(いんべ)の秋田(あきた)）的人來為其命名。地名「御室戶」為大和三輪山（今奈良縣櫻井市的山名，又作「三室戶山」），「齋部」為朝中掌管祭祀的氏族，亦可寫作「忌部」，「秋田」是象徵豐收的姓氏。說明到此，讀者們應該也發現古代日本人的名字前面會加上出身或居住地、官銜等，所以古典文學當中的人名都那麼長。然而這個現象僅限男性，女性多半是沒有名字的，例如《枕草

子》的作者「清少納言」以及《源氏物語》的作者「紫式部」，皆非她們真正的名字。當時多以女官之父親、丈夫或兄弟等官銜來稱呼她們，也就是女性附屬於男性的概念。因此「かぐや姫」的名字正式出現之前，是以「三寸ばかりなる人」、「この子」、「この児」等指稱她。「御室戸齋部秋田」為她命名為「なよ竹のかぐや姫」，「なよ竹」指剛長出來的嫩竹，纖細、柔軟，卻具有韌性，而且女兒是在竹子裡發現的，故以此命名。「かぐや」有顯赫輝映之意，此名稱也有一說是來自《古事記》的「迦具夜比売命（かぐやひめのみこと）」，本章採賴振南的譯法，作「赫映耶姬」。

一個三寸大的小女孩，僅三個月就長成美貌標緻的女孩，吸引王公貴族紛紛前來求愛。竹取翁請來貴人為她命名，為了慶祝，舉辦了三天的宴會，從這一節當中可以看到數字「三」的反覆出現。接下來的五位貴公子中，有幾位取得寶物的時間也恰恰是「三年」。赫映耶姬與天皇之間的書信來往，也持續了「三年」⑮。無論是在中國或是日本，數字「三」自古以來被視為具有神聖性的數字，另一方面，古代中國尊崇偶數，奇數「三」被認為有不祥的涵義。姑且不論神聖與否，「三」這個數字在《竹取物語》中的重要性不容忽視。

本段末尾描述了男子們熱烈追求赫映耶姬，晚上來到竹取翁的家，在牆垣下鑿洞只為了一親芳澤的狼狽樣貌，故衍生出「夜這」（夜這ひ（よばひ））一詞。「夜這ひ」是動詞

⑮「三年」一詞給人「忍耐、耐心」的感受。詳參楊錦昌、林文瑛（二〇一二）、頁三〇六。

「夜這ふ」的名詞形，由「夜」（夜晚）與「這ふ」（趴下、匍匐前進）所組成。古文當中發音相同的「呼ばふ」則有「持續叫喊、反覆呼喚」與「求愛、求婚」兩種涵義。作者描述男子為了向赫映耶姬「呼ばふ」（求婚），到竹取翁家「夜這ひ」（夜晚趴在地上鑿洞窺視）的舉動，巧妙地一語雙關。

②赫映耶姬給五位貴公子的難題

接下來，陸續敘述了五位貴公子收到赫映耶姬所提出的難題後，各自以何種方式取得的過程。她請石作皇子取來佛之石鉢，在《大唐西域記》⑯、《水經注》⑰等書中均有石鉢的相關敘述。給庫持皇子的任務則是到東海蓬萊山折取銀根金莖白玉果實的樹枝。蓬萊山又稱為蓬萊、蓬山、蓬丘、蓬壺、蓬萊仙島等，傳說為渤海中三神山之一，也是神仙的居住地，據傳為中國的秦始皇、漢武帝等求仙訪藥之處。右大臣阿倍御主人必須拿來中國的火鼠皮衣，《和名類聚抄》轉引《神異記》⑱，有以火鼠皮為布，髒了之後以火燒炙會更亮麗的敘述，《搜神記》中的「火浣布」推測也是類似之物。大伴御行大納言得取來龍頸上散發著青黃赤白黑五色的寶玉。《莊子・雜篇》有云：「夫

⑯ 唐高僧玄奘口述、門人辯機記錄而成，唐貞觀二十年（西元六四六年）成書，共十二卷。
⑰ 北魏酈道元所著地理書，共四十卷。
⑱ 《和名類聚抄》為源順於平安時期承平年間所編纂的類書（像是今日的百科全書）。《神異記》為中國晉朝王浮的志怪小說，原書散佚。

千金之珠，必在九重之淵而驪龍頷下。」「驪龍」是黑龍，「頷」指的是下巴，作者可能是由此處獲得靈感。中納言石上麻呂足必須取來燕子的子安貝。據傳子安貝為貝類的一種，長約二、三寸，色黑褐，有斑紋，狀似女陰，讓產婦握住能有安產的效果，其與燕子⑲之間的關連性不明。

這些貴公子冥思苦想，無論是實際出門尋找，或是用計矇騙，總之用盡各種方法達成赫映耶姬的要求。過程中有人費盡千辛萬苦還是徒勞無功，也有人拿來假的寶物被當場拆穿，甚至還有為此賠上婚姻、家產及性命的。後世學者認為作者藉由描寫這五位貴公子的尋寶歷程，對當時的上流貴族加以批判與嘲諷。

4 延伸學習

「色好み（いろごの）」在平安時期，尤其是貴族之間，是極受重視的特質之一，也是重要的文學理念。光從漢字來看，可能會誤解為帶有負面涵義的「好色」。然而，這個詞彙的意義十分廣泛，隨著平安時期文學作品的問世，尤其是物語的出現，「色好み」的意義也不斷地發展、推陳出新。賴振南針對《竹取物語》、《源氏物語》、《宇津保物語》等作品歸結出「色好み」的涵義。除了吸引異性的外貌以及具備吟詠和歌、彈

⑲ 賴振南的譯本中，說明可能與燕子的高生育力相關（頁十七）。

斑竹姑娘

奏樂器等才能之外，對愛情的態度必須兼具好逑[20]、忠貞、心意長久，三項要素缺一不可，且忌過與不及，樣樣恰到好處，才能算得上是能充分掌握戀愛情趣的「色好み」之人。《源氏物語》當中的光源氏堪稱是「色好み」的完美典範，而此一理想對象的概念卻是在《竹取物語》當中，透過作者對五位貴公子求婚過程的描述與批判而逐漸形成。開啟了此後的物語文學作品之中，以「色好み」為準則來塑造主人翁形象的風潮，這也是《竹取物語》被稱為物語文學之濫觴的主因吧。

5 豆豆小知識

提到《竹取物語》時，關於其出處，或者說是靈感來源，就不得不提到中國的〈斑竹姑娘〉。這是一則流傳於中國四川及雲南兩省藏族自治區一帶的民間故事，百田彌榮子（百田弥栄子）於西元一九七〇年〈竹取物語の成立に関する一考察〉一文中分析兩者之異同。〈斑竹姑娘〉敘述在金沙江畔的老婦人與他的兒子，以種竹為生。竹子被當地的土司（地方官員）砍倒，母子二人拚命保住一棵斑竹，她們在竹子中發現一名女嬰，女嬰轉眼間長大成人。有五名男子向女子求婚，斑竹姑娘對他們各提出了一個難題，但卻無人達成，最終斑竹姑娘嫁給了老婦的兒子為妻。

⑳ 包括了憧憬年輕貌美的異性、想好好看清對方、有意占為己有等心情。

透過兩者之間的比較研究，《竹取物語》與〈斑竹姑娘〉在背景的設定、情節的安排有許多相似之處，尤其是女主人翁給出的五項難題。然而，其間的受容關係至今尚未被證實，唯一能下定論的是，《竹取物語》作為日本的物語文學始祖，開創了虛構物語的形式，創造了虛構的世界，以凸顯現實社會的種種問題與世人心中的想法，並闡述了虛與實、善與惡、生與死等對立的議題，在日本文學史上具有舉足輕重的地位。

6 主要參考文獻

- 片桐洋一、福井貞助、高橋正治、清水好子訳注（一九九四）《竹取物語　伊勢物語　大和物語　平中物語》，新編日本古典文学全集十二，東京：小学館
- 大庭みなこ（一九九六）《大庭みなこの竹取物語、伊勢物語》，東京：集英社
- 賴振南（一九九八）〈日本文學中可公然婚外情的「色好」理念——試從物語文學之祖《竹取物語》談起〉，《中外文學》二十七（七），頁二十至三十五，臺北：國立臺灣大學外文系
- 賴振南譯注（二〇〇九）《竹取物語》，臺北：聯經
- 池田亀鑑（二〇一二）《平安朝の生活と文学》，東京：筑摩書房

- 楊錦昌、林文瑛（二〇一二）〈日本語の「三年」という時数詞を通して見る文化表象—ことわざを中心に—〉，《台灣日語教育學報》三十六，頁二九一至三〇九，臺北：台灣日語教育學會
- NHK for school おはなしのくにクラシック竹取物語
https://www2.nhk.or.jp/school/watch/bangumi/?das_id=D0005150082_00000（西元二〇二三年八月十九日查閱）
- NHK for school 10min ボックス古文・漢文：竹取物語
https://www2.nhk.or.jp/school/watch/bangumi/?das_id=D0005150061_00000（西元二〇二三年八月十九日查閱）
- NHK 高校講座竹取物語
https://www2.nhk.or.jp/kokokoza/watch/?das_id=D0022310042_00000（西元二〇二三年八月十九日查閱）

二

和歌物語開創者——《伊勢物語》

1 作者與作品簡介

平安初期的「和歌物語」（歌物語）《伊勢物語》，成書時期不明，一般認為本書原型的出現早於《古今和歌集》（古今和歌集）[1]成書的延喜五年（西元九〇五年）。本書作者不詳，內容圍繞著一位貴族男性傳奇的一生，以主人翁的戀愛經歷為主軸，也描述了親情、友情、主從互動等。據推測，書中描寫的主人翁可能是「在原業平」（在原業平）[2]。業平的父親是平城天皇（平城天皇）的第一皇子阿保親王（阿保親

① 《古今和歌集》為日本最早的敕撰（指奉君王之命所編寫的）和歌集，成書於延喜五年。由於《古今和歌集》收錄了與《伊勢物語》重複的和歌，故有《伊勢物語》成書早於《古今和歌集》的說法。

② 天長二年至元慶四年（西元八二五至八八〇年），平安初期貴族、歌人，三十六歌仙之一。

王），按照輩分排列，業平為天皇的嫡系子孫，出身高貴，然由於政治因素，被降為臣籍，賜姓「在原」③。又因排行第五，且曾任右近衛權中將（右近衛権中将），別稱「在五中將」（在五中将），故本書亦被稱為《在五中將日記》（在五中将の日記）或《在五物語》（在五が物語）。書中除了在原業平之外，亦穿插了描述其他人物的內容。

上代時期和歌出現之後，人們對「歌人」（歌人，和歌的作者）及其創作歷程產生興趣，於是開始流傳與和歌相關的內容，稱之為「歌語」（歌語り），此一行為屬於「口承文學」的範疇，即口耳相傳流傳下來的文學形式。九世紀中期以後，將「歌語」的內容以散文的形式記載下來，衍生為「和歌物語」的文類。「和歌物語」是指和歌與散文交雜的創作形式，不同的作品當中，和歌及散文的比例各異。「和歌物語」的內容多以戀愛為主，其他還有像是離別、懷才不遇等多樣化的主題。《伊勢物語》開創了「和歌物語」的先河，後續又有《大和物語》（大和物語）、《平中物語》（平中物語）等作品出現，創作主要集中於十世紀。

《伊勢物語》全書共一二五段，短則兩、三行，長則數十行，篇幅落差極大，當中收錄二〇六首和歌。目前流傳最廣的版本是「藤原定家」④於天福二年（西元

③ 日本的天皇家族沒有姓氏，所以降為臣籍之後，必須賜姓。

④ 藤原定家（ふじわらのていか／さだいえ），應保二年至仁治二年（西元一一六二至一二四一年）平安末期至鎌倉初期的貴族、歌人。

一二三四年）的寫本（即手寫的版本），被稱作「天福本」（天福本（てんぷくぼん）），由此寫本衍生出來的稱為「定家本系統」。其他還有名為「古本」（古本（こほん））、「真名本」（真名本（まなぼん））、「廣本系統」（広本系統（こうほんけいとう））、「朱雀院塗籠本」（朱雀院塗籠本（すざくいんぬりごめぼん））等四種不同的系統，收錄的段數及和歌數各有不同。《伊勢物語》的中譯本則以豐子愷⑤及林文月⑥的版本最廣為人知。

2 文本

原文摘錄⑦

①初冠（うひかうぶり）

むかし、男（をとこ）、初冠（うひかうぶり）して、奈良の京（きやう）春日（かすが）の里に、しるよしして、狩（かり）にいにけり。その里に、いとなまめいたる女（をんな）はらからすみけり。この男かいまみてけり。思ほえ

⑤ 遠足文化於西元二〇一二年出版。

⑥ 臺灣洪範書店於西元一九九七年出版，中國譯林出版於西元二〇一一年發行。另有葉渭渠編著、唐月梅翻譯（二〇〇七）《伊勢物語圖典》（臺北：八方出版）。

⑦ 摘錄自《竹取物語　伊勢物語　大和物語　平中物語》新編日本古典文学全集十二（小学館）。

ず、ふる里にいとはしたなくてありければ、心地まどひにけり。男の、着たりける狩衣の裾をきりて、歌を書きてやる。その男、信夫摺の狩衣をなむ着たりける。

春日野の　若むらさきの　すりごろも　しのぶの乱れ　かぎりしられず

となむおひつきていひやりける。ついでおもしろきこととや思ひけむ。

みちのくの　しのぶもぢずり　たれゆゑに　乱れそめにし　われならなくに

といふ歌の心ばへなり。昔人は、かくいちはやきみやびをなむしける。

②芥河

むかし、男ありけり。女のえ得まじかりけるを、年を経てよばひわたりけるを、からうじて盗みいでて、いと暗きに来けり。芥河といふ河を率ていきければ、草の上に置きたりける露を、「かれは何ぞ」となむ男に問ひける。ゆく先おほく、夜もふけにければ、鬼ある所ともしらで、神さへいといみじう鳴り、雨もいたう降りければ、あばらなる倉に、女をば奥におし入れて、男、弓、胡簶を負ひて戸口にをり、はや夜も明けなむと思ひつつゐたりけるに、鬼はや一口に食ひてけり。「あなや」といひけれど、神鳴るさわぎに、え聞かざりけり。やうやう夜も明けゆくに、見れば率て来し女もなし。足ずりをして泣けどもかひなし。

白玉か　何ぞと人の　問ひし時　つゆとこたへて　消えなましものを

これは二条(にでう)の后(きさき)の、いとこの女御(にょうご)の御もとに、仕(つか)うまつるやうにてゐたまへりけるを、かたちのいとめでたくおはしければ、盗みて負ひていでたりけるを、御兄(せうと)、堀川(ほりかは)の大臣(おとど)、太郎国経(くにつね)の大納言(だいなごん)、まだ下臈(げらふ)にて、内裏(うち)へ参りたまふに、いみじう泣く人あるを聞きつけて、とどめてとりかへしたまうてけり。それをかく鬼とはいふなりけり。まだいと若うて、后のただにおはしける時とや。

③筒井筒(つつゐづつ)

むかし、ゐなかわたらひしける人の子ども、井(ゐ)のもとにいでて遊びけるを、おとなになりにければ、男も女もはぢかはしてありけれど、男はこの女をこそ得(え)めと思ふ、女はこの男をと思ひつつ、親のあはすれども聞かでなむありける。さて、このとなりの男のもとより、かくなむ、

筒井つの　井筒にかけし　まろがたけ　過ぎにけらしな　妹(いも)見ざるまに

女、返し、

くらべこし　ふりわけ髪(がみ)も　肩過ぎぬ　君(きみ)ならずして　たれかあぐべき

などいひいひて、つひに本意(ほい)のごとくあひにけり。

さて年ごろふるほどに、女、親なく、頼りなくなるままに、もろともにいふかひなくてあらむやはとて、河内(かふち)の国、高安(たかやす)の郡(こほり)に、いき通ふ所いできにけり。さりけ

れど、このもとの女、あしと思へるけしきもなくて、いだしやりければ、男、こと心(ごころ)ありてかかるにやあらむと思ひうたがひて、前栽(せんざい)のなかにかくれゐて、河内へいぬるかほにて見れば、この女、いとよう化粧(けさう)じて、うちながめて、

風吹けば　沖つしら浪(なみ)　たつた山　夜半(やは)にや君が　ひとりこゆらむ

とよみけるを聞きて、かぎりなくかなしと思ひて、河内へもいかずなりにけり。

まれまれかの高安に来(き)てみれば、はじめこそ心にくくもつくりけれ、いまはうちとけて、手づから飯匙(いひがひ)とりて、笥子(けこ)のうつはものにもりけるを見て、心憂(こころう)がりて、いかずなりにけり。さりければ、かの女、大和(やまと)の方(かた)を見やりて、

君があたり　見つつを居(を)らむ　生駒山(いこまやま)　雲なかくしそ　雨はふるとも

といひて見いだすに、からうじて、大和人(びと)、「来む」といへり。よろこびて待つに、たびたび過ぎぬれば、

君来むと　いひし夜(よ)ごとに　過ぎぬれば　頼まぬものの　恋ひつつぞ経(ふ)る

といひけれど、男、すまずなりにけり。

日文摘要

①初冠

昔、ある男がいた。初冠⑧をすませて、奈良（なら）の春日の里（さと）⑨というところへ狩をしに行った。男はそこにいた姉妹（しまい）を覗（のぞ）き見た。すると想像（そうぞう）していたよりもはるかに美（うつく）しく、古（ふる）い都（みやこ）に似合（にあ）わない姉妹（しまい）だった。男は気持ちをかき乱（みだ）されてしまった。そこで、着ている信夫摺⑩の模様（もよう）の狩衣⑪の裾をちぎって、そのうえに歌を書いて姉妹に送った。

春日野の若紫（わかむらさき）の摺り衣の乱（みだ）れた模様のように、あなた方のために、私は心が乱されてしまいました。

男はすぐ源融（みなもとのとおる）⑫と関（かか）わるこの歌を贈（おく）り、趣深（おもむきぶか）いとも思った。

---

⑧有「ういかぶり」、「ういかむり」、「ういこうぶり」等唸法。中國古代男子年滿二十歲行「冠禮」，故以初冠代表成年男子。古代日本的禮法多沿襲自中國，惟日本是於十二至十六歲舉行，概念等同成年禮。

⑨今奈良市春日山西麓。

⑩可標記為「忍摺り」（しのぶずり），以陸奧國信夫郡（今福島縣福島市）所產的「忍草」的莖及葉所漂染的布料，上面印染著特有的不規則花紋。

⑪狩獵時穿著的輕便衣物。

⑫嵯峨天皇的十二皇子（西元八二二至八九五年），因曾任左大臣，住在六条河原院，故被稱為「河原左大臣」。以下男子所詠的和歌出自《古今和歌集》戀四當中源融的作品。

陸奥の信夫摺の乱れ模様のように、心が乱されたのは、誰のせいでしょうか。それは私自身ではなく、あなたのために、心乱されたのです。昔の人はこんなに、情緒にまかせて風流なことをしたものである。

②芥河

昔、男がいた。手に入りそうもなかった女のもとに何年もの間求婚し続けてきたが、とうとう女をさらって、とても暗い所に来た。芥河という河まで連れていったところ、女は草の上に降りていた露を、「あれは何」と男に聞いた。男はまだまだ逃げないといけないし、夜も更けていたので、何も答えなかった。男はそこに鬼がいるとも知らず、雷が鳴り、雨もざあざあ降ってきたので、荒れた隙間だらけの倉に、女を奥に押し入れ、男は弓とやなぐい⑬を背負い、戸口で守っていた。「早く夜明けになるといい」と思いながら待っていたところ、鬼が女を食ってしまった。女は「あー」と叫んだのだが、雷が鳴っていて騒がしくて、男は女の叫び声を聞き取れなかった。夜が明けてきた頃、蔵には女の姿が無い。男は地団太を踏んで⑭泣いたがどうしようもなかった。

⑬ 放弓箭的箭袋、箭筒。
⑭ 跺腳、捶胸頓足，表遺憾、懊悔等強烈的情緒。

白玉⑮か何かだろうかと、彼女に問われた時、「露です」と答えて私も露のように消えてしまえばよかったのに。

これは二条の后⑯が、いとこの女御⑰に仕えるようにしていらっしゃったころの話である。后の容姿が美しくいらっしゃったので、男がさらい背負って出て行ったが、兄の堀河大臣⑱、国経の大納言⑲らが、まだ官位の低い役人として、宮中へ参上された時、泣いている人がいるのを聞きつけて、男を引きとめて后を取り戻されたのであった。それをこのように鬼といったのであった。后がまだ若くて普通の身分でいらっしゃった時のことであった。

③筒井筒

昔、二人の子どもが井戸のそばで出て遊んでいた。大人になったら、男はこの女を妻にしようと思った。女もこの男と結婚したいと思ったので、親が娘を他の人と

---

⑮ 珍珠。

⑯ 藤原高子（〔ふじわらのこうし／たかいこ〕西元八四二至九一〇年），清和天皇之後宮。藤原基經同母異父的妹妹。

⑰ 藤原明子（〔ふじわらのあきら／けいこ／めいし〕西元八二九至八九〇年）文德天皇之後宮，清和天皇之母，亦被稱為染殿后（そめどののきさき）。

⑱ 藤原基經（藤原基経〔ふじわらのもとつね〕西元八三六至八九一年），平安前期的貴族，藤原高子的哥哥。

⑲ 藤原國經（藤原国経〔ふじわらのくにつね〕西元八二八至九〇八年），平安前期的貴族、歌人。藤原基經、藤原高子的哥哥。

結婚させようとするが、断っていた。そして、この隣の男がこのような歌を送った。

円筒形に掘り下げた井戸の囲いと高さを比べた私の背は、囲いの高さを越してしまったようですね。あなたに会わないでいるうちに。

すると、女から次のような返歌をもらった。

あなたと長さを比べ合ってきた私の振り分け髪⑳も肩を過ぎました。あなた以外の誰のために、私の髪を結い上げる㉑でしょうか。

そして、二人はとうとう念願通り結婚した。

数年後、女は親が死んで、より所㉒がなくなってしまい、男は河内の国高安の郡㉓に、新しい女ができたのであった。だが、女は嫌な顔もせずに、男を新しい女のもとへ送り出してやったので、男は彼女が浮気でもしているのではないかと不審に思

振り分け髪

⑳ 由頭頂將頭髮分為左右兩側，長至肩膀左右，為兒童至八歲左右的髮型。
㉑ 盤起頭髮。暗示長大成人，將頭髮盤起，準備出嫁。
㉒ 依靠之處，特指經濟後盾。
㉓ 今大阪府東部生駒山以南一帶。

って、庭の植え込み㉔の中に隠れて見ていた。すると、女は美しく化粧をしてもの思いにふけって㉕歌を詠んでいる。

風が吹くと沖の白波が立つ、そのたつという名の竜田山を、夜中にあの人が一人で越えているのでしょうか。

それを聞いて、男はこの女を愛しく㉖思って、新しい女のもとへも行かなくなってしまった。

久しぶりに高安の女の所に来てみると、あの女は以前と違い、今では気を許して、しゃもじを手に取って、ご飯を盛っている。それを見て、男は嫌になって行かなくなってしまった。男が来なくなったので、高安の女は、大和の方を眺めて、歌を詠んだ。

あなたのいらっしゃる方角を見続けておりましょう。生駒山を雲よ隠さないでおくれ。雨が降ったとしても。

男がようやく、「あなたのもとへ行こう。」と言った。高安の女は喜んで待つが、結局来ないまま時間が過ぎてしまった。

㉔樹叢、灌木叢。
㉕陷入沉思。
㉖憐愛。

あなたは来ると言ったが、時間がただ過ぎてしまったので、あてにはしていない㉗月日(つきひ)を過ごしています。
と女は詠んだが、男は行かなくなった。

中文摘要

①初冠

從前有位男子，於初冠之年前往奈良春日野打獵。那裡住著一對姊妹，男子窺視後，發現兩人長相十分美麗，便撕下衣服下擺，寫上一首和歌送過去。

我的心情，有如衣裳下擺信夫染花紋一般，交織如麻。

這首歌的靈感源自另一首源融的歌，內容如下。

猶如信夫染花紋，心亂如麻皆為你。

昔人也有這般熱情且風雅的行為。

㉗期待落空。

②芥河

從前有位男子，他戀慕一名女子多年未果，一天夜裡，男子將她偷出來，逃到芥河岸邊。女子看見草上露珠發亮，問道那是什麼？前途茫茫，加上此時夜已深，男子忙著趕路，並未答話。此時雷聲震天，大雨傾盆，男子將女子藏在一處荒蕪的屋內，卻不知屋內藏有惡鬼。他拿著弓，背著箭袋，在門口守著，心想著天怎麼還不快亮，這時鬼一口吃了女子，女子的叫聲被雷聲掩蓋，男子卻未察覺。甫天亮時，男子入內發現女子消失了，捶胸頓足哭喊著，卻也無濟於事。作歌詠道：

佳人問我其為何？若能回道是露珠，似其般消逝多好。

據傳這是二条后在尚未進宮成為皇后之前，服侍當妃子的堂姊時所發生的事。外貌美麗的她，被一個男人背在背上擄出了皇宮。她的兄長基經及國經當時身分低微，進宮途中，聽見女子的哭聲，便攔住男子救了她。此為二条后年紀尚輕，還是普通人身分時發生的軼事。

③筒井筒

從前，有一對青梅竹馬，長大成人後兩人互相吸引，非彼此不嫁娶。女子的父母幫她訂了婚約，但她堅持不嫁。男子詠了一首歌給女子：

昔日井邊量身高，如今我已高過筒，在不見你的期間。

女子回道：

除了你以外，我那過肩的長髮，又能為誰挽起呢？

而後兩人如願結為連理。

幾年後，女子的雙親過世，她頓失依靠，男子便另結新歡。然而，女子並未面露不悅，而是送男子出發前往新歡身邊。男子懷疑女子有二心，便躲在樹叢中觀察。只見女子精心打扮，若有所思地詠著：

風激起岸邊白浪，夜半時分，郎君將隻身跨越龍田山吧！

男子聽了，覺得女子真是令人憐愛，遂打消了前去新歡身邊的念頭。

男子久違來到新歡之處，看著女子以往用心打扮，現在卻手拿飯杓的模樣，心生厭倦，便不再來往。這個女子遠眺著男子前來的方向，詠道：

遙望君處，即便落雨，只盼雲別遮蔽生駒山。

男子看了答應到訪，女子滿懷期待地等著，卻終究落空。於是詠道：

你說來訪的夜晚，我總是期待落空，卻又期盼君來訪。

男子最終未再來訪。

3 作品賞析

①初冠

章段名的「初冠」是古代貴族男子在十二至十六歲之間舉行的儀式，具有宣告成年的意涵。現代來看還不諳世事的年齡，在當時卻已經算得上是情竇初開的成年男性了。本章段所引「みちのくの　しのぶもぢずり　たれゆゑに　乱れそめにし　われならなくに」，這首歌出自源融之手，收錄於《古今和歌集》以及「百人一首」當中，是一首以「忍(しの)ぶ恋(こい)」（不為人知的戀情）為主題，表達愛上無法結合的女性之男子苦澀心境的戀歌。

第一段當中的「垣間(かいま)む」，指由籬笆、格柵（垣(かき)）的縫隙窺視之意。古代女子少在外拋頭露面，尤其是貴族女性，更是養在深閨，男性難以一親芳澤。男性只能透過籬笆、格柵、簾子等遮蔽視覺的屏障窺見女子的樣貌，有時女子甚至還以扇子遮住臉龐，此舉更是增加了一窺全貌的難度，引發令人遐想的空間。由此心生愛意，進而有所發展，成為常見的契機。因此這個動詞可不能單純解釋為「偷窺」的意思，而是古代兩性邂逅或會面的方式之一。《伊勢物語》的故事就由這樣一位初冠的男子，窺見一雙貌美的姊妹花，吟詠和歌一首，而拉開了序幕。

②芥河

第六段的「芥河」又作「芥川」，為虛構之河川名。故事主要概分為前後兩段，前半充滿奇幻怪異的色彩[28]，後半則是針對作中人物做出補充說明。故事的女主人翁是男子高攀不起、卻又難以割捨的女子，也就是二条后藤原高子。高子是藤原長良[29]的長女，被許配給清和天皇為後宮，絕非降為臣籍的在原業平所高攀得起的身分。然而業平卻還是對她念念不忘，兩人私下有所往來，被戀愛沖昏頭的業平索性趁著某天夜裡將高子偷偷帶出宮。

私奔的途中，女子被男子背在背上，看見夜裡草上露珠散發光芒，問男子那是什麼?男子擔心前途茫茫，忙著趕路，恨不得加快腳步，故並未答話。此段描述從字面上的意思可簡單理解為女子是個連露珠都沒看過，在受到保護、寵愛的環境下成長的大家閨秀。另一方面，也襯托出男子盼望著趕緊找個落腳之地，讓女子得以休息，而無暇回覆、匆匆趕路的迫切心境。發現女子被鬼所吞食之後，男子懊悔不已，詠道：

白玉か　何ぞと人の　問ひし時　つゆとこたへて　消えなましものを

這裡的「白玉」指的可不是湯圓，在和歌裡，「白玉」除了作為露珠之代稱外，也用來指珍貴的戀人。而由其形狀與珍珠相似，又可代表眼淚；或者是露珠稍縱即逝

㉘ 相同內容可見《今昔物語集》卷第二十七第七篇〈在原業平中將帶的女子被鬼所吃的故事〉（在原業平中将女被噉鬼語〔ありはらのなりひらのひうじゃうのをむなおににくらはるること〕）。

㉙ 藤原長良（〔ふじわらのながら／ながよし〕西元八〇二至八五六年）贈正一位、太政大臣（等同宰相）。

的特徵，也可用來形容戀情之短暫或生命之無常，用法多義。這首被稱為「白玉か」的和歌，用來表達思念已不在身邊之戀人的苦澀心境。

後半揭示了女主人翁的身分為二条后，事件發生於在宮中擔任女官的期間。為其兄長國經及基經所救一事。

③筒井筒

第二十三段是由男女主人翁的幼年時期開始敘述，相對於男子的「初冠」，平安時期的貴族女性迎接初潮後，大約在十二至十四歲之間會舉行「裳著（もぎ）」的儀式，擇吉日由有德的女子為其著裝，並挽起頭髮，有象徵成人以及可以婚配的意涵。章段名的「筒」是指圍在井邊的竹筒，兩人以井邊的竹筒量身高，象徵兩小無猜的情誼。明治時期的小說家樋口一葉（樋口一葉（ひぐちいちよう））㉚的《比肩》（たけくらべ），據傳便是由此章段汲取靈感所創作而成。

長大成人的兩人歷經考驗，終成眷屬，然而迎來的卻非從此過著幸福快樂的日子這種童話故事般的結局。女子的雙親過世，失去經濟依靠後，男子曾與妻子同甘，卻不願與她共苦，便另結新歡了。看到這裡的讀者，心中是不是覺得百思不得其解，婚

㉚ 樋口一葉（西元一八七二至一八九六年）為近代時期知名的作家，西元二〇〇四年肖像登上五〇〇〇元日幣。其代表著《たけくらべ》描寫了一位名叫美登利的十四歲少女的故事，作品名稱因襲自《伊勢物語》第二十三段，因此中文書名譯為《比肩》。

後父母親怎麼還會是女子的經濟依靠呢？與一夫一妻的現代婚姻制度不同，平安時期「走婚」（通ひ婚）極為普遍，此為一夫多妻的制度。先前介紹過的「垣間む」等同現代的邂逅，郎若有心就會寫和歌送去給心儀的女子。女方接受對方的心意就會「返歌」，也就是回贈和歌，如果男性沒收到和歌，就代表沒有發展的可能性。收到「返歌」後，兩人就會開始有和歌的互贈往返，而後男子前往女子家中同床共寢，稱為「会ふ」。隔天聽到鳥叫聲時，也就是天亮前，男子就必須離開女方家。離開後要立刻寫「後朝の文」（回信）給女方，表示男方對女方的心意。連續「通ふ」（男性往返女性家中）女方住處三天，婚姻關係即成立。若是男子三年內不曾到訪，婚姻關係則自動取消。婚姻成立後，男性會住在女性家中，受到女方父母的照顧。因此像文中女方家道中落之後，男方就必須另尋下一個能照顧自己的女性。

文中的男子即將前往另外結交的女性住處時，原配不曾露出怨恨的神情，反倒是仔細地裝扮自己，若有所思地吟詠著希望夫君一路平安的和歌。眼見此景，男子覺得妻子著實惹人憐愛。另一方面，男子看到新結交的女子本來細心打扮外表，日子一久，漸漸地成了個拿著飯杓盛飯的黃臉婆，令人倒盡胃口，即使那名女子送來了情義深重的和歌，男子卻從此與她斷絕了往來。由此可知，古代的貴族男女文筆都必須夠好，能寫和歌，才能與人來往、互動。此外，沒有謀生能力的貴族女性更是必須精心打點自己的外貌，才能獲得異性的青睞。即使是婚後，也不能有片刻的鬆懈，看來生活在古代可真是不容易呀！

4 延伸學習

《伊勢物語》被評為「ミヤビ」文學的代表，「萬葉假名」（万葉仮名〔まんようがな〕）可標示為「美也備」，還可對應「風流・風姿・閑雅・藻・温雅・雅妙・遊・雅・閑」等漢字。「ミ」為美化用語，「ヤ」是屋舍，王室、貴族的居所稱之為「都」（都〔みやこ〕）。「ミヤビ」一詞的原意指的是都會風、宮廷風。

「ミヤビ」的意涵持續演變，發展出洗練、優美、高格調、雅趣、風雅、多情、閒適等意義。《伊勢物語》當中所營造的氛圍、作中人物在原業平的行為舉止，都被認為是體現了「ミヤビ」的境界。如同第一段「初冠」的末尾「昔人は、かくいちはやきみやびをなむしける。」男子撕下衣服下擺，寫下和歌送去，風流而不下流的舉動，令人讚賞。「ミヤビ」是平安時期理想男性的言行準則，也是當代作品當中所推崇的重要文學理念。

5 主要參考文獻

- 賴振南（一九九三）〈日本王朝物語及物語之祖《竹取物語》概說〉，《小說與戲劇》四，頁一〇七至一三七，臺南：成功大學外文系
- 片桐洋一、福井貞助、高橋正治、清水好子校注・訳（一九九四）《竹取物語　伊

勢物語　大和物語　平中物語》，新編日本古典文学全集十二，東京：小学館

- 大庭みなこ（一九九六）《大庭みなこの竹取物語、伊勢物語》，東京：集英社
- 林文月譯（一九九七）《伊勢物語》，臺北：洪範書店
- 大井田晴彦（二〇一二）〈伊勢物語における「みやび」—和漢比較の観点から—〉，《超域的日本文化研究　特集：文化の越境と翻訳》三，頁六十至六十六，名古屋：名古屋大学大学院文学研究科附属日本近現代文化研究センター，https://nagoya.repo.nii.ac.jp/records/29250（西元二〇二三年八月十二日查閱）
- 池田亀鑑（二〇一二）《平安朝の生活と文学》，東京：筑摩書房
- 賴振南（二〇一五）〈日本最早的和歌物語《伊勢物語》導讀〉https://breadandrose.com/blog/%E6%97%A5%E6%9C%AC%E6%9C%80%E6%97%A9%E7%9A%84%E5%92%8C%E6%AD%8C%E7%89%A9%E8%AA%9E%E3%80%8A%E4%BC%8A%E5%8B%A2%E7%89%A9%E8%AA%9E%E3%80%8B%E5%B0%8E%E8%AE%80/（西元二〇二三年八月十五日查閱）
- 宮谷聡美（二〇一七）〈『伊勢物語』六段「芥河」—「白玉か」の歌をめぐって—〉，《中古文学》九十九，頁五十九至七十，東京：中古文学会

- NHK 高校講座国語総合第七十回伊勢物語筒井筒（一）https://www2.nhk.or.jp/kokokoza/watch/?das_id=D0022110422_00000（西元二〇二三年八月十一日查閱）
- NHK 高校講座国語総合第七十一回伊勢物語筒井筒（二）https://www2.nhk.or.jp/kokokoza/watch/?das_id=D0022110423_00000（西元二〇二三年八月十一日查閱）

三 物語文學巔峰——《源氏物語(げんじものがたり)》

1 作者與作品簡介

一提到日本古典文學，許多人腦中首先浮現的作品可能就是《源氏物語》。《源氏物語》出自紫式部（紫式部(むらさきしきぶ)）之手，其生卒年不明①，本名亦不詳，現在最普遍的說法是藤原香子②。「紫」字來自《源氏物語》中的人名「紫之上」（紫(むらさき)の上(うえ)），「式部」則出自父親藤原為時（藤原為時(ふじわらのためとき)）③所任的官職「式部丞」（式部丞(しきぶのじょう)）。紫式部出身

① 一說為天祿元年（西元九七〇年）至天元元年（西元九七八年）之間出生，長和三年（西元一〇一四年）卒，亦有一說是寬仁三年（西元一〇一九年）時仍在世。

② 西元一九六六年角田文衛所提出的看法。可能有「かおるこ」、「たかこ」、「こうし」、「よしこ」幾種唸法。西元二〇〇五年上原作和則提出其乳名為「もも」的看法。

③ 藤原為時生於天曆三年（西元九四九年）左右，卒於長元二年（西元一〇二九年）左右。平安中期貴族，也具

於藤原一族，曾祖父藤原兼輔（藤原兼輔 ふじわらのかねすけ）為平安初期的官員及歌人，也是三十六歌仙之一。她的父母都是「閑院大臣」（閑院大臣 かんいんだいじん）兼歌人藤原冬嗣（藤原冬嗣 ふじわらのふゆつぐ）之後，父親藤原為時以漢詩文聞名，家學淵源深厚。紫式部的弟弟藤原惟規（藤原惟規 ふじわらののぶのり）在幼年時期，父親為時讓他學習漢籍，惟規記不住的內容，在一旁聽著的女兒紫式部竟能完整背誦，讓父親不禁感慨才華過人的女兒非男兒身④。

二十七歲時，紫式部嫁給了至少大她二十歲的藤原宣孝⑤，育有一女賢子⑥，婚後三年，長保三年（西元一〇〇一年）宣孝過世，此時她開始執筆創作《源氏物語》，

備歌人及漢詩人等多重身分。官位最高任正五位下的左少弁。

④ 紫式部將這件事記錄於《紫式部日記》〈日本紀御局〉（日本紀の御局（にほんぎのみつぼね））一節中。由於當時重男輕女的風氣，女子出生之後除了沒有姓名之外，出生的年份也不會被記錄下來，兩人究竟是姊弟還是兄妹，眾說紛紜。根據《紫式部日記》的頭注說明，推斷因為紫式部較惟規年長，若是男兒身，就能繼承藤原家，故藤原為時才出此感嘆。參閱《紫式部日記》新編日本古典文学全集二十六（小学館），頁二〇九。

⑤ 藤原宣孝（ふじわらののぶたか），生年不詳，卒於長保三年（西元一〇〇一年），平安中期的貴族。他與紫式部均出身藤原家，是紫式部的遠房堂兄。長德四年（西元九九八年），宣孝迎娶紫式部時，已經年近半百，此前早已娶了好幾個妻子，也生了數個子女。紫式部出嫁時，也已是二十多歲（甚至三十歲出頭），在當時來說是相當晚婚的年齡了。

⑥ 藤原賢子（ふじわらのかたいこ／けんし），生於長保元年（西元九九九年）左右，卒於永保二年（西元一〇八二年）左右，平安中期知名的女流詩人。她以「大弐三位」（だいにのさんみ）之名為人所知。這個名稱的由來是萬壽二年（西元一〇二五年）時，她成為親仁親王的乳母，寬德二年（西元一〇四五年），親仁親王即位成為「後冷泉天皇」，賢子敘四位，出任典侍，累進從三位。她先後與藤原兼隆、高階成章有婚姻關係，高階成章升任大宰大弐（だざいのだいに）、大宰府之次官），此後她便被稱為「大弐三位」。《源氏物語》第四十五帖〈橋姬〉至第五十四帖〈夢浮橋〉又被稱為「宇治十帖」，與前四十四帖主角不同，且文筆落差較大，也有人懷疑「宇治十帖」出自賢子之手。

歌川国貞（西元一八五八年）〈源氏後集余情〉
原圖連結：https://commons.wikimedia.org/wiki/File:Lady_Murasaki_at_her_desk.png（西元二〇二四年八月十七日查閱）

每寫完一帖就對外發表，在當時獲得極高的評價。因此獲得攝政藤原道長（藤原道長）的賞識，寬弘二年（西元一〇〇五年）推薦她以「女房」⑦的身分入宮服侍一条天皇的中宮，也就是道長的女兒彰子。入宮之後，她持續《源氏物語》的創作，最終於寬弘七年（西元一〇一〇年）左右成書。她的另一部作品《紫式部日記》，則記錄了寬弘五至七年（西元一〇〇八至一〇一〇年）期間宮中生活的點滴。

《源氏物語》共五十四帖，字數超過百萬，登場人物高達五百多位，內容描述以「光源氏」（光源氏）為中心的人物之間，長達七十餘年歲月裡的愛恨情仇。本書的構造可概分為三部，第一帖〈桐壺〉至第三十三帖〈藤裏葉〉為第一部，描寫光源氏的感情生活及其宮廷生活的榮華。第三十四帖〈若菜〉至第四十一帖〈幻〉為第二部，敘述光源氏領略到世間無常，遁入佛門的後半生。第四十二帖〈匂宮〉至第五十四帖〈夢浮橋〉為第三部，以光源氏之子——「薫」（薫）為主人翁，描述他的感情與人生。

⑦ 相當於家庭教師。

2 文本

原文摘錄⑧

第二帖「帚木」（抜粋）

中将「なり上れども、もとよりさるべき筋ならぬは、世人の思へることも、さは言へど、なほことなり。また、もとはやむごとなき筋なれど、世に経るたづき少なく、時世にうつろひておぼえ衰へぬれば、心は心として事足らず、わろびたることども出でくるわざなめれば、とりどりにことわりて、中の品にぞおくべき。受領といひて、他の国の事にかかづらひ営みて、品定まりたる中にも、また、きざみきざみありて、中の品のけしうはあらぬ、選り出でつべきころほひなり。なまなまの上達部よりも非参議の四位どもの、世のおぼえ口惜しからず、もとの根ざしいやしからぬ、やすらかに身をもてなしふるまひたる、いとかはらかなりや。家の内に足らぬことなど、はたなかめるままに、省かずまばゆきまでもてかしづけるむすめなどの、おとしめがたく生ひ出づるもあまたあるべし。宮仕に出で立ちて、思ひかけぬ

---

⑧摘錄自《源氏物語一》新編日本古典文学全集二十（小学館）。

幸(さいは)ひとり出づる例(ためし)ども多かりかし」など言へば、源氏「すべてにぎははしきによるべきななり」とて、笑ひたまふを、中将「別人(ことひと)の言はむやうに、心得ず仰せらる」と中将憎む。

馬頭「もとの品、時世(ときよ)のおぼえうち合ひ、やむごとなきあたりの内々(うちうち)のもてなしけはひ後(おく)れたらむはさらにも言はず、何をしてかく生(お)ひ出でけむと言(い)ふかひなくおぼゆべし。うち合ひてすぐれたらむもことわり、これこそはさるべきこととおぼえて、めづらかなるこ

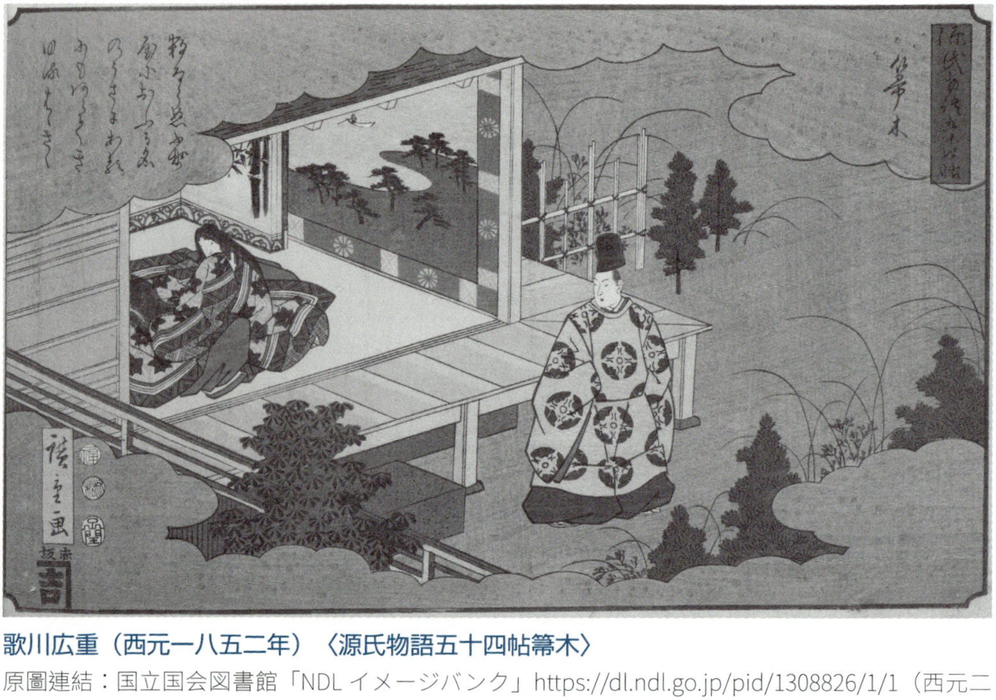

歌川広重（西元一八五二年）〈源氏物語五十四帖箒木〉

原圖連結：国立国会図書館「NDL イメージバンク」https://dl.ndl.go.jp/pid/1308826/1/1（西元二〇二四年八月十七日查閱）

出處：国立国会図書館「NDL イメージバンク」(https://ndlsearch.ndl.go.jp/imagebank)

とと心も驚くまじ。なにがしが及ぶべきほどならねば、上(かみ)が上(かみ)はうちおきはべりぬ。さて、世にありと人に知られず、さびしくあばれたらむ葎(むぐら)の門(かど)に、思ひの外(ほか)にらうたげならむ人の閉ぢられたらむこそ限りなくめづらしくはおぼえめ。いかで、はたかかりけむと、思ふより違(たが)へることなむあやしく心とまるわざなる。父の年老いものむつかしげにふとりすぎ、兄弟(せうと)の顔にくげに、思ひやりことなることなき閨(ねや)の内(うち)に、いといたく思ひあがり、はかなくし出でたることわざもゆゑなからず見えたらむ、片(かた)かどにても、いかが思ひの外にをかしからざらむ。すぐれて瑕(きず)なき方(かた)の選びにこそ及ばざらめ、さる方にて棄(す)てがたきものをは」とて、式部を見やれば、わが姉妹(いもうと)どものよろしき聞こえあるを思ひてのたまふにやとや心得らむ、ものも言はず。

日文摘要

第二帖「帚木」⑨（抜粋）

ある五月雨の夜、光源氏が宮中の宿直所⑩にこもっているところを、頭中将が訪ねてきた。そして、源氏宛ての女性からの手紙にまつわり、二人は女の品定めを始めた。そのうち、左馬頭や藤式部丞も加わった。さて、頭中将が女性を上流、中流、下流の三つに格付けするのに対し、源氏の君はそれを区別する基準を尋ねた。

すると、左馬頭が次のように述べた。「いくら出世しても、もともとそうあるべき家柄⑪でない者は、世間の人が待ち望むものとやはり異なる。もとは貴い家柄であったが、落ちこぼれて、人望も衰えているのであれば、そんな人間はプライドが高く、

⑨ 第二帖篇名「帚木」，出自文末光源氏與空蟬兩人之間來往的和歌。「帚木」生長於信濃國（今長野縣）下伊那郡，屬檜木的一種，據說遠看宛若一根巨型的掃帚，近看卻會因為隱身於濃密的樹林而遍尋不著。光源氏以「帚木」來比喻空蟬，訴說無法接近她的遺憾心情，空蟬回贈的歌中自訴因出身卑微，以致像帚木一般消失無蹤。

⑩ 宮中值夜時辦公或休息之處。

⑪ 家世、門第。

時に品位⑫に欠けることをする。良い家柄から不遇⑬になった家の娘と、並の身分から成り上がった⑭家の娘、この二種類のどちらも中流に分類すべきであろう。受領⑮といって、地方の政治にばかり関係している人々の中にも、さらにいくつもの等級があり、その中から相当なのもいる。また中途半端な高位へ入れた家よりも、参議⑯にならない四位といった人々で、世間からも認められていて、もとの家柄も悪くなく、のんきな暮らしのできるところはかえってさっぱりしているものだ。不足なことは何一つなく、お金をかけて、大事に育て上げた娘は、文句のつけようもない⑰くらい立派になるという例も少なくはない。そういう娘は宮仕え⑱をして、幸せになる例も多い。」それを聞いて、源氏の君は、「それでは、全ては金持ちでなければ、というわけだね」と言って笑った。「これは、あなたらしくないことをおっしゃい

⑫ 風度、品格。
⑬ 不走運、不得志。
⑭ 發跡、暴富。
⑮ 官職名。平安時期由中央派任至地方的最高管理階級，即國司、國守，四等官，一次的任期為四年。
⑯ 官職名，指有參與議論朝政之權而得名。平安朝的參議為四等官（正四位下），原文「非參議の四位」指的是三等官以上未任參議者、四等官曾任參議者、四等官且有參議資格者。此處指的是不高不低的中等身分。詳參《源氏物語一》新編日本古典文学全集二十（小学館），頭注二十八，頁五十九，和田英松（一九八三）《官職要解》（講談社）。
⑰ 無可挑剔。
⑱ 入宮任職，服侍皇室生活起居。

ますなあ！」と中将は少し咎(とが)める⑲ように言った。

左馬頭はさらに話し続けた。「家柄も世間の評価もあるのに、高貴な家の娘が凡庸(ぼんよう)であった場合(ばあい)、どうしてこんなふうに育ったのかと、がっかりさせられてしまうだろう。一方、家柄や信望(しんぼう)⑳にふさわしく立派に育っているようだったら、それが当たり前だと思われ、別に珍(めずら)しいことだと驚(おどろ)かれない。また、上位の上に属(ぞく)する方は、この私のような者が手の届(とど)かない㉑方だから、ここでは触(ふ)れないようにしよう。ところが、このようなこともある。荒れはてたような寂(さび)れた家に、思(おも)いがけない愛(あい)らしげな娘が育てられていたとしたら、これ以上いいことはないだろう。意外(いがい)であったということは、実(じつ)に男の心(こころ)を惹(ひ)きつけるものだ。また、父親が年寄(としよ)りで、みっともなく肥(ふと)った男で、男兄弟も顔(かお)つきが悪く、どう考えても格別(かくべつ)のこともなさそうだと思われる家に、気品(きひん)㉒の高く、芸事(げいごと)㉓もありげに見える娘がいたら、興味を惹(ひ)かれずにいられないだろう。そのような女は捨(す)てがたい」とそう言いながら、式部丞のほうに見てみると、式部丞は、評判になっている自分の妹のことだと勘違(かんちが)いをして、何も言わなかった。

⑲ 指責、責備。
⑳ 信譽、威望。
㉑ 高攀不起。
㉒ 品格、風度、氣質。
㉓ 技能、才藝。

中文摘要

第二帖〈帚木〉（節錄）

一個陰雨綿綿的夜晚，頭中將到宮中拜訪光源氏，兩人談論著關於理想的女性類型，接著左馬頭和藤式部丞也來訪，加入了討論。光源氏好奇頭中將將女子分為上中下三等的標準為何？若有原本家世顯赫而後衰敗的女子，以及原為平常人家而後父親加官進祿的女子，又該如何判別這兩人的等級。

針對光源氏的疑問，左馬頭說道：「原本就非大戶人家，即使現在升官發財，世人對她們也不會有太高的期待。至於從前家世顯赫但是現在經濟困頓，再加上人望衰微的家庭，這樣的人自尊甚高，有時會做出不怎麼體面的事。世人對這兩種家庭的女子抱持的期望雖有不同，但兩者皆應歸類為中等。而受領這一官階的家庭，雖說是中等，還是可以分為幾個等級。從這種中等人家當中也能挑出不錯的女子。與不上不下的官階相比能夠參議的四品官，世間的評價不差，門第也不壞，能過上不錯的日子。這樣的家庭願意花錢，細心教養女兒，有不少才貌雙全的女子。而這些人當中，入宮侍奉因而受到恩寵的也是大有人在。」光源氏反問：「那豈不是都以家境來評斷了嗎？」頭中將不以為然地說：「這還真不像您會說出來的話呀！」

左馬頭接著又說：「出身於名門望族，但卻沒有相稱的容貌與教養，這樣的女子毫無可取之處，世人也會質疑到底是怎麼教養的。反之，教出個優秀的女子，大家又會覺得理所當然，不足為奇。上上之選的女子，我是高攀不起，就不提了㉔。不過，有時在荒煙蔓草的蓬門之中，卻出人意表地藏著個可人兒，令人始料未及。又或者是父親年邁肥胖，兄弟容貌醜陋，這個家裡的女兒應該不值得一提，想不到卻出了個風姿綽約、小有才藝的佳人，讓人想一親芳澤。」說到這裡，左馬頭望了藤式部丞一眼。藤式部丞的幾個妹妹名聲不錯，他以為左馬頭指的是自己的妹妹，便默不吭聲㉕。

3 作品賞析

何謂理想的女性？《源氏物語》或許能回答這個問題。第二帖〈帚木〉前半的篇幅，主要描述的是主人翁光源氏十七歲那一年初夏五月的某日夜晚，光源氏與頭中將、左馬頭、藤式部丞的對話內容㉖。這四位年輕氣盛的貴公子可不是單純的閒聊，他們談話

㉔ 源氏與頭中將皆為身分地位高尚的貴族，左馬頭官職較低，顧及彼此的身分差異，故避免在此擅自批評上流女子。參閱《源氏物語一》新編日本古典文学全集二十（小学館）頭注二十，頁六十。

㉕ 針對左馬頭的說法，式部丞若是加以回應，就等同於對號入座，承認自己就是那一類女子家中容貌醜陋的兄弟，因此才默不作聲。參閱《源氏物語一》新編日本古典文学全集二十（小学館）頭注二十一，頁六十一。

㉖ 頭中將為光源氏的妻子「葵の上」的兄長，是光源氏的大舅子，兩人私交甚篤。左馬頭為當時管理馬匹飼育及馬具的職位，藤式部丞則是隸屬掌管文官的儀式與行賞的式部省。

的主題是「女性」。談論的內容包括了將女性劃分為上、中、下三等，以及什麼樣的女性具備成為賢妻的條件，還有女子令人生厭的特質等。

首先，頭中將將女性分為上、中、下三等，歸納出三個等級的女性之特質，這也是世人將這個段落稱為「雨夜品評」（雨夜（あまよ）の品定（しなさだ））的原因。所謂的上等女性，是指容貌、性格、家世等條件無可挑剔的女子，這樣完美的對象固然令人心神嚮往，但數量稀少，也非尋常男子高攀得起，因此並未成為品評大會討論的重點。此外，例如在節錄內容中提及原先家世顯赫而後衰敗的女子，以及原為平常人家而後父親加官進祿的女子，都歸於中等。官位低等、下層階級人家的女兒，則屬下等。有趣的是最後得出的結論，三個等級當中最為人喜好的竟然不是上等女性，而是中等的女子，這與主要發表意見的左馬頭之身分地位脫不了關係。

接著，左馬頭列出了一長串女子令人生厭的特質，進一步歸納出賢妻的條件。比方說長相可愛、兼具文采的女子，男子對這樣的對象總是魂牽夢縈，但若是娶了這種女性，就免不了戴綠帽的下場。當然也有將家庭照顧得無微不至的女子，然而這樣的女性往往不修邊幅，性格無趣，相處起來也不會開心。與其如此，找個溫順的女子，好好調教成自己理想的妻子，也未嘗不失為一個好方法，但是這樣聽話的女子一旦獨處，又毫無處世能力。再者，自尊心高或是好妒的女子，也不適合娶其為妻。總之，世間女子形形色色，無論如何優秀的女子必有缺點，沒有十全十美的女人。若要考慮娶妻的人選，就不能執著於身分或容貌，只要她專情、誠實，加上個性沉穩就可以了，這樣的人如果還能具備才藝，或是體貼他人那就更好了，至於一些小缺點，就睜一隻眼閉一隻眼吧。

　無論是上、中、下三等當中的哪一種，在「雨夜品評」所歸納出的結論中，最能吸引男性目光、引發興趣的特質，莫過於出人意表、充滿反差的女子。例如荒涼寂寥的破落地方住著的可人兒，或是父兄肥胖、家人面貌醜陋的家庭裡，卻出了個小家碧玉的女兒。這種與預想之間存在著巨大反差的結果，總能給人深刻的印象，令人怦然心動，往往也是攻陷人心的手段之一。一個人身上對立或矛盾的特質造成的落差，現代稱之為「反差萌」。例如平常精明幹練的人卻有些小迷糊，看來粗枝大葉的人卻很細心等，這樣的特質有些是不經意間流露出來的，有些則是當事者的小心機。日本有句俗諺說「痘痕も靨」，意思是陷入戀愛的人，對方的一顰一笑、一舉一動都是魅力，連臉上的痘疤都能看做是酒窩，這也就是中文所說的「情人眼裡出西施」。

　言歸正傳，經過左馬頭和頭中將對上、中、下三等女性的特質及魅力一番激烈的意見交流之後，或許也多少動搖了光源氏的思緒，對自己身邊的女性暗自打量了一番，於是離開了上等女性、也就是正妻「葵之上」（葵の上）的身邊，前往中等女性——「空蟬」（空蟬）的住所。〈帚木〉一帖中「雨夜品評」的內容，成為《源氏物語》的讀者衡量之後登場女性的基準。《源氏物語》成書時期距今已經過了一千多年，即使時空背景不同，透過這個有趣的段落，或多或少反映出平安貴族選擇伴侶的條件、以及婚姻觀。其中舉出的例子也不見得全是過時或老掉牙的想法，有些條件即使是現代的讀者看了，也是心有戚戚焉的吧！

另一方面，欣賞完這篇故事後，相信大家也發現了一件古今中外皆然的共通點，那就是不管場景是在千年前的日本古都，還是在今日五光十色的都市一隅，不分人種與國籍，一群人聚在一起時，最能引發共鳴、激烈討論的話題，總是離不開異性。這或許也是《源氏物語》至今仍傳唱不墜，持續感動現代人的原因之一了吧！

4 延伸學習

提到《源氏物語》，不得不提到「あはれ」一詞，其與《枕草子》的「をかし」，可以說是平安時期最重要的兩個文學理念，也是影響日本文學及美感的關鍵思維。字典當中，「あはれ」有深刻動人的、可愛的、可憐的、悲傷的、寂寞的、深情細膩的、尊貴的、優秀的等不同意涵。無論是「あはれ」或是「をかし」，都與「趣」（趣）一字脫離不了關係。「趣」有情趣、韻味、風情、風味、興致等意涵。「あはれ」指察覺到有「趣」的事物，從內心深處湧現的感動、讚嘆、憐憫、疼惜等主觀的感受。相較於「をかし」表示在短時間內情感波動劇烈，有其限定的感受範圍，「あはれ」是受到外在事物的影響，帶動內在情緒的波動，進而持續思考、回想，造成深刻且延續的感受。

歌川豊国（三代）（西元一八四四至一八四七年）〈桐壺（源氏香の図）〉
原圖連結：国立国会図書館「NDL イメージバンク」https://dl.ndl.go.jp/pid/1305945（西元二〇二四年八月十七日查閲）
出處：国立国会図書館「NDL イメージバンク」（https://ndlsearch.ndl.go.jp/imagebank）

5 豆豆小知識

日本古典文學的巔峰之作──《源氏物語》，其影響的範圍無遠弗屆，受到這部作品影響的作家人數不計其數，而以其衍生出的作品更是類型多元、數量豐富。

首先，中古時期在《源氏物語》之後出現的《濱松中納言物語》（浜松中納言物語）、《狹衣物語》（狭衣物語）、《夜半寢覺》（夜半の寝覚）、《換身物語》（とりかえばや物語）、《更級日記》（更級日記）等作品，從文體、題材、世界觀等，無一不是受到《源氏物語》的深遠影響。

平安時期佛教在貴族階層當中盛行，創作架空的物語故事與說謊同罪，在當時被認為是犯了佛教的戒律，民間開始傳出紫式部死後一定會下地獄的說法，因此出現名為「源氏供養」（源氏供養）的佛教法會，一方面超渡作者紫式部，另一方面則是讀者懺悔自身的罪過。明知閱讀這本書將會招致下地獄的後果，卻還是抵擋不住誘惑，翻開書本，《源氏物語》在當時的魅力可見一斑。

《榮華物語》（栄華物語）、《今鏡》（今鏡）等平安末期出現的歷史物語，在形式與主題等面向，也受到《源氏物語》的影響。當時香道盛行，更有像是「源氏香」㉗

㉗「源氏香」（げんじこう）。取五種香木，排列組合成二十五包，打亂順序後，任選其中五包，先後於香爐薰燃，香客依次捧起香爐聞香辨別異同，並於紙上由右至左以縱線標記五種香，同樣香味則以橫線相連，稱之為香紋圖。除了是香道的活動之一以外，有時也會用來占卜吉凶。

這種以作品命名的商品。進入江戶時期，《源氏物語》向下普及至庶民階層，此時也出現了將《源氏物語》以推理小說結合插畫形式的作品《偐紫田舍源氏》（偐紫田舍源氏）。

以《源氏物語》為主題的繪卷與畫帖——「源氏繪」（源氏絵），在作品出現後不久便隨之興起。江戶時期開始，結合了不同流派繪畫於其中的各種版本《源氏物語》、以及翻案作品大行其道，稱為《繪入源氏物語》（絵入源氏物語）。此一時期，作品也被改編為歌舞伎的形式，引發一陣熱潮。近代的作家像是樋口一葉（樋口一葉）的《比肩》（たけくらべ）、谷崎潤一郎（谷崎潤一郎）的《痴人之愛》（痴人の愛）與《細雪》（細雪）、川端康成（川端康成）的《千羽鶴》（千羽鶴）、三島由紀夫（三島由紀夫）的《豐饒之海》（豊穣の海）、村上春樹（村上春樹）的《海邊的卡夫卡》（海辺のカフカ）等，作品當中都少不了《源氏物語》的元素。

紫式部出身書香世家，具備深厚的漢文素養，閱讀她的作品也需要相當的學識。隨著《源氏物語》的普及，註釋書籍以及現代語譯也是百家爭鳴，平安末期就已出現最早的註釋書籍——《源氏釋》（源氏釈），而後，一条兼良（一条兼良／兼良）的《花鳥余情》（花鳥余情）以及本居宣長（本居宣長）的《源氏物語玉之小櫛》（源氏物語玉の小櫛）等，均為其中的代表。

現代語譯則有與謝野晶子（与謝野晶子）、谷崎潤一郎、玉上琢彌（玉上琢彌）、円地文子（円地文子）、瀬戸内寂聴（瀬戸内寂聴）、角田光代（角田光代）等人的版本。此外，《源氏物語》的風潮風靡全球，現在全世界至少有二十種語言的翻譯。光是在中國也有十二個中譯版本，而在臺灣最為人所知的是豐子愷與林文月的兩種譯本，西元二〇二四年，林水福的中譯本也在時隔半個世紀後出版，帶給臺灣讀者新的選擇。

以《源氏物語》為發想的二次創作，除了物語、日記、小說、繪畫之外，還包括了歌舞伎、能劇等傳統戲劇，以及漫畫、電影、連續劇、音樂、同人誌等各種形式。不僅止於日本國內，範圍更是遍及世界，可以說《源氏物語》帶給全球各地、所有形式的創作者絕佳的靈感，讓這部日本古典文學的巔峰之作，透過多元的管道，以不同的形式，持續它的創作歷程。

6 主要參考文獻

- 玉上琢弥訳注（一九六四）《源氏物語付現代語訳第一巻》角川文庫，東京：角川書店
- 林文月譯（一九七四）《源氏物語》第一冊，臺北：中外文學月刊社
- 豐子愷譯（一九七八）《源氏物語》上，臺北：遠景出版

四

日記文學暨假名文學先驅——《土佐日記》（とさにっき）

1 作者與作品簡介

平安初期唐風文化方興未艾，知識階層男性之間盛行吟詠漢詩，堪稱漢詩文的全盛時期。到了平安中期，隨著假名（仮名（かな））文字的出現與普及，使用假名創作的文學形式陸續問世，除了韻文的和歌之外，散文類型則有物語及日記等。首部日記文學作品《土佐日記》[①]，出自平安前期至中期的著名歌人紀貫之（紀貫之（きのつらゆき））之手。作者生卒年有不同說法（西元八六六、八七一、八七二至九四五、九四六年等），紀氏原為紀伊國[②]頗具權勢的貴族，當時因受到藤原氏的排擠，而被貶為中流貴族。其父紀望行

① 亦寫作《土左日記》。
② 今和歌山縣及三重縣西南部。

（紀望行（きのもちゆき））、伯父紀有朋（紀有朋（きのありとも））、堂兄紀友則（紀友則（きのとものり））等，均為當代知名的歌人，家族之中人才輩出。

延長八年（西元九三〇年）一月，紀貫之被任命為土佐守③，四年後結束任期，於承平四年（西元九三四年）的十二月二十一日開始記錄，翌年二月十六日返京，集結五十五天期間的見聞及感觸，其中穿插了五十七首和歌，完成了《土佐日記》一書。當時的日記主要是貴族男性用漢字記錄以備忘之用，著重於實用性質，不具文學性。《土佐日記》之所以在文學史上具有重大意義，是由於其使用的文字、創作的形式及作品的主題。當時是依性別區分使用的文字，漢字主要為男性專用，假名的使用者則為女性，故假名亦稱「女文字」。《土佐日記》打破了這個藩籬，是由男性以假名書寫的日記作品。雖然出自男性之手，然而作者隱藏了身分及性別，假託為女性書寫。其次是形式與主題，作品依照日期記錄旅途之見聞或所思所想，不再侷限於以往男性日記的實用性，而是以假名懇切地敘述心中的情感與旅行的見聞，開創了日記的文學性，成為日記文學的先驅。其後成書的《蜻蛉日記》（蜻蛉日記（かげろうにっき））、《和泉式部日記》（和泉式部日記（いずみしきぶにっき））、《紫式部日記》（紫式部日記（むらさきしきぶにっき））、《更級日記》（更級日記（さらしなにっき）），皆沿襲了《土佐日記》的寫作模式，颳起了一股女流日記的創作熱潮。

作品主要可以日期區分為三個部分。第一部為啟程至翌年元旦，由波靜（波静（なみしず））

③「土佐」為今四國高知縣境內，「守」為地方政府的長官，類似於今天的知事（臺灣的縣市首長）一職。

至浦戸灣（浦戸湾（うらとわん）），記述離開土佐國守官舍，繼任國守與民眾為其餞別的情景。第二部從承平五年（西元九三五年）元月五日至二月五日，在海上度過漫長、單調的三十四天旅程，當中記述了對大自然及海盜的畏懼，以及旅程的困難與艱辛。第三部從承平五年二月六日至十六日，敘述到達淀川（淀川（よどがわ））、返回京城故居的過程，描寫了對去世女兒的想念、故居的景色、以及對世態炎涼的批判。

《土佐日記》成書之後，流傳了一段時間，直到室町時代④還收藏於京都蓮華王院寶藏（蓮華王院宝蔵（れんげおういんほうぞう））⑤，然因南北朝時期⑥戰亂頻仍而散佚。今天我們所看到的已非出自貫之之手的原本，而是後人所抄寫的抄本。抄本共有四個系統，包括現存的「定家抄本」及「為家抄本」，以及現已不存的「宗綱抄本」（松木宗綱（まつのきむねつな），西元一四四五至一五二五年）及「實隆抄本」（三条西実隆（さんじょうにしさねたか），西元一四五五至一五三七年）。其中以「定家抄本」最為知名、流傳最廣。「定家抄本」為藤原定家⑦在文曆二年（西元一二三五年）七十四歲時，一個偶然的機會親眼見到收藏於京都蓮華王院寶藏的原本，

④ 西元一三三六至一五七三年。足利尊氏（あしかがたかうじ）於室町（今京都市室町通沿線）擁立持明院統（後深草天皇系統之子孫）的光明天皇建立了北朝，開啟了室町幕府，史稱「室町時代」。

⑤ 後白河法皇所建的佛堂，本堂即為今日京都「三十三間堂」。

⑥ 西元一三三六至一三九二年，日本出現南北兩個政權，史稱「南北朝時期」。南朝為大覺寺統的後醍醐天皇在吉野（今奈良縣中部）建立的政權，北朝為武士階級的足利尊氏在室町一帶擁立光明天皇，實權則在被封為「征夷大將軍」的尊氏手上。

⑦ 藤原定家（ふじわらのていか／さだいえ），應保二年至仁治二年（西元一一六二至一二四一年）平安末期至鎌倉初期的貴族、歌人。

興奮不已，花了兩天時間抄寫，由於貫之的字跡十分知名，定家還臨摹了貫之的部分筆跡，註記於抄本文末。「為家抄本」則是定家的兒子藤原為家（藤原為家）⑧於嘉禎二年（西元一二三六年）所抄。

2 文本

原文摘錄⑨

① 船路なれど馬のはなむけ

男もすなる日記といふものを、女もしてみむとてするなり。

それの年の師走の二十日あまり一日の日の、戌の時に門出す。そのよし、いささかにものに書きつく。

ある人、県の四年五年果てて、例のことども皆し終へて、解由など取りて、住む館より出でて、船に乗るべきところへわたる。かれこれ、知る知らぬ、送りす。年

---

⑧ 鎌倉中期的貴族、知名歌人（西元一一九八至一二七五年），定家之子。

⑨ 摘錄自《土佐日記　蜻蛉日記》新編日本古典文学全集十三（小学館）。

ごろよくくらべつる人々なむ、別れがたく思ひて、日しきりにとかくしつつ、ののしるうちに夜更(よふ)けぬ。

二十二日に、和泉(いづみ)の国までと平らかに願(ぐわん)立つ。藤原(ふぢはら)のときざね、船路(ふなぢ)なれど、馬(むま)のはなむけす。上(かみ)、中(なか)、下(しも)、酔(ゑ)ひ飽(あ)きて、いとあやしく、潮海(しほうみ)のほとりにてあざれあへり。

二十三日。八木(やぎ)のやすのりといふ人あり。この人、国にかならずしもいひ使ふ者にもあらざなり。これぞ、たたはしきやうにて、馬(むま)のはなむけしたる。守(かみ)がらにやあらむ、国人(くにびと)の心の常(つね)として、いまはとて見えざなるを、心ある者は、恥ぢずになむ来(き)ける。これは、物によりて褒(ほ)むるにしもあらず。

二十四日。講師(かうじ)、馬(むま)のはなむけしに出(い)でませり。ありとある上(かみ)、下(しも)、童(わらは)まで酔(ゑ)ひ痴(し)れて、一文字(いちもんじ)をだに知らぬ者、しが足は十文字(じふもんじ)に踏みてぞ遊ぶ。

②御崎(みさき)といふところわたらむとのみ思ふ

十一日。暁(あかつき)に船を出(い)だして、室津(むろつ)を追ふ。人みなまだ寝たれば、海のありやうも見えず。ただ、月を見てぞ、西東(にしひむがし)をば知りける。かかるあひだに、みな夜(よ)明けて、手洗ひ、例のことどもして、昼になりぬ。

今し、羽根といふところに来ぬ。わかき童、このところの名を聞きて、「羽根といふところは、鳥の羽のやうにやある。」といふ。まだ幼き童の言なれば、人々笑ふときに、ありける女童なむ、この歌をよめる。

まことにて　名に聞くところ　羽根ならば　飛ぶがごとくに　みやこへもがな

とぞいへる。男も女も、いかでとく京へもがな。と思ふ心あれば、この歌よしとにはあらねど、げに、と思ひて、人々忘れず。

この、羽根といふところ問ふ童のついでにぞ、また、昔へ人を思ひ出でて、いづれの時にか忘るる。今日はまして、母の悲しがらるることは。下りし時の人の数足らねば、古歌に、「数は足らでぞ帰るべらなる」といふことを思ひ出でて、人のよめる、

世の中に　思ひやれども　子を恋ふる　思ひにまさる　思ひなきかな

といひつつなむ。

日文摘要

① 船旅であるけれど、馬のはなむけ

男も書くという日記を、女の私も書いてみようと思って、書いたものだ。

その年の十二月二十一日の午後八時に出発した。旅の様子を少しだけ書き留めておく。

ある人が四、五年ほど地方勤務の任期を終え、解由状⑩を受け取り、住んでいた官舎から出て、船に乗るべき所に行った。知る人も知らない人も皆見送りをした。数年間親しくしていた人は、別れを惜しんで、一日忙しくして騒いでいるうちに夜が更けてしまった。

二十二日、和泉の国⑪まで無事につきますようにと願掛けをした。藤原のときざね⑫という人が、船旅なのに馬の鼻向け⑬をした。国の人々は身分の上下に関係なくみん

---

⑩ 同一職務繼任者提供給前任者的文書，證明前任已完成交付之工作。

⑪ 今大阪府南部。

⑫ 人名，推測可能是任職於官府的員工。

⑬ 為人餞別時的習俗。為了祈求對方一路平安，送別者會將馬匹面向即將出發的方向，也就是讓馬的鼻子朝向前進方向，此一舉動稱為「はなむけ」。

な酔っ払って、おかしなことに、腐る（あざる）⑭はずもない潮海のそばでふざけ（あざれ）合っていた。

二十三日。八木のやすのりという人が餞別をしてくれた。国守の人柄なのだろうか、国の人は普段、もう用はないなら見送りにこなくてもいいとしているが、心のある人は恥ずかしがらずにやってきた。これは、贈り物をもらったから褒めるわけではない。

二十四日。国分寺の僧侶が餞別してくれた。子供も含めて、みんな酔っ払って、一という字さえ知らない者が、足元がふらふらして、十という字を書いているように盛り上がっている。

②御崎という所に早く渡りたいとそのことばかり考えている

十一日、夜明け前に船を出して、室津に向かう。皆はまだ寝ているので、海の様子も見えない。月を見て、西東の方角⑮を知った。そのうちに、夜が明けて、手を洗い、いつもの通りのことをしていると、昼になった。ちょうど今、羽根⑯というところに来た。幼い子どもがその地名を聞いて、「羽根というところは鳥の羽のよう

⑭ 動詞「あざる」有「腐敗」與「開玩笑」兩種意思，此處作者以其一語雙關。
⑮ 方向、方位。
⑯ 地名。今高知縣室戸市羽根町。

な形なの」と言う。幼い子どもの言うことなので、皆が笑うと、ある女の子が歌を詠んだ。本当に名の通り羽根であるならば、その羽で飛ぶように都に帰りたいものだ、と言った。男も女も、どうにかして早く都へ帰りたいと思うので、この歌がいいというわけではないけれど、なるほどな、と思い、この歌を忘れなかった。

この羽根というところの名を問った子どものことから、亡くなった子どものことを思い出した。いつになったら忘れられるだろうか。その子の母の悲しみははなはだしかった。娘が亡くなったため、都から土佐へ向かったときの人数が足りないので、「人数が足りなくなって帰るようだ」という昔の歌を思い出し、ある人がこの歌を詠んだ。

世の中では、亡くなった子を恋く思う親の以上の悲しみはないものだ。

中文摘要

①海路與餞別

男人寫的日記，身為女性的我也想試試。

某一年的十二月二十一日晚上八點出門旅行，將這段旅程稍加記錄。

某人任地方官員四、五年，期滿拿著解任證明離開住所，將乘船離去。這段時間認識的人，甚至是不認識的人都前來告別。依依不捨、難以分別，一天就這麼過了。

二十二日，祈禱平安抵達和泉國。明明是搭船返京，藤原時實卻牽著馬餞行。不分身分高低，每個人都醉醺醺地在海邊相互說笑。

二十三日，名為八木康則的人來送行。當地人一般的想法是今後不會再有瓜葛，因此不來送行。或許是國守為人的關係吧，還是有人前來餞別，姑且不論禮物，其心意令人讚揚。

二十四日，國分寺僧人來餞行。每個人都喝醉了，包括小孩。

②只願前往御崎

（元月）十一日，天亮前朝著室津出發。

眾人皆睡，我也無法確定海上的情況，只能藉由月光分辨方向。天亮後洗漱，依往例行事，就到了中午。

今天來到名為羽根的地方，一個孩子聽了地名說：「羽根是因為形狀像羽毛吧！」聽了童言童語，人們都笑了，一位女孩詠歌道：「若真如地名，我願搭乘羽毛飛回京城。」每個人都想早點回京，即使這首和歌算不上好，大家也難以忘懷。這個問地名的小孩讓我想起過世的女兒，究竟何時才能忘懷？失去孩子的母親是最悲傷的。回京的人數與赴任時不同，我想起古詩「回程數量似有不足」，此時有人詠道：「世上最悲傷者，莫若思念逝去孩子之父母。」

3 作品賞析

①海路與餞別

本段開頭的第一句說明了創作動機，作者假托女性身分，文中不止一次強調自己身為一介女子，然而從作品中的一些段落，讀者也不難察覺作者的性別與身分，畢竟若真的是女性，就不會一再強調自己「就是」、「的確是」女性。另一方面來說，或許一開始作者就沒有想隱瞞自己的性別及身分，才會這樣處處留下線索吧！

從十二月的二十一日至二十六日的六天之中，皆以第三人稱的視角敘述各種送別的情景，前來餞別的各方人士絡繹不絕，離情依依的同時，夜夜也都是賓主盡歡，充分展現出國守、即紀貫之受到人民的愛戴與景仰的一面[17]。此外，二十二日的內容當中，以「馬のはなむけ」的典故及「あざる」的一語雙關，為離別的惆悵增添了幾許輕鬆的感受。

「馬のはなむけ」是為了即將離開的人，將騎乘的馬匹牽向即將出發的方向，有

⑰平安中期開始，地方官員為了中飽私囊，對當地百姓強取豪奪的情形屢見不鮮，當時許多文學作品當中皆描述此一景象，當時甚至還有「受領は倒れるところに土をつかむ」（就算跌倒，受領也要抓把土。「受領」為官職名稱，是中央派駐至地方的最高官階。）的說法。由貫之臨行前有那麼多人來為他送行一事來看，其於當地的執政表現及受歡迎的程度可見一斑。

馬のはなむけ

祝福即將離開的人旅途一路平安的意涵，是從前為人送別的習俗，而後「はなむけ」也成為送別、餞別的代名詞。本段內容字面上讀起來是：「明明是搭船返京，藤原時實卻為我牽馬餞別。」經由海路，交通工具應該是船，哪裡來的馬呢？其實這裡就只是作者說的冷笑話罷了。

其次，「あざる」為多義的動詞，可指食物腐敗，以及開玩笑、胡鬧的意思。明明是在海邊，海水是鹹的，應該沒有食物會「あざる」（腐敗），但是因為大家都喝醉了，於是互相「あざる」（開玩笑、說笑）。作者以同音異義的動詞一語雙關，由此也不得不為作者的文采與機智所折服。

②只願前往御崎

旅程之中，一個孩子天真的疑問，讓作者憶及任期中過世的女兒，頓時之間百感交集。紀貫之育有三個子女，兒子紀時文（紀時文〔きのときぶみ〕）也是知名的歌人，兩個女兒之一的紀內侍（紀內侍〔きのないし〕）⑱，這兩位是歷史上留有紀錄的。還有一個女兒，只知是貫之在土佐國守任內夭折，未留下其他資訊。不過，也正是因為這個早夭的女兒，才催生了《土佐日記》這部名著。藉由古歌的「数は足らでぞ　帰るべらなる」，傳達了作者思念

⑱ 內侍為官職名稱。紀內侍因「鶯宿梅」（〔おうしゅくばい〕，黃鶯居住的梅樹）事件而為人所知。村上天皇因宮中的梅樹枯萎，命人找來同種的梅樹，沒想到從別處挖來種在宮中的梅樹，樹枝上繫有一首和歌，天皇才知道這是貫之之女紀內侍家中的樹，此後紀內侍也被稱為「紅梅內侍」（紅梅の内侍〔こうばいのないし〕）。

亡女的悲切心境。這兩句是出自《古今和歌集》卷第九〈羈旅歌〉，題目不明、歌人不明的歌號四一二：

北へ行く　雁ぞ鳴くなる　連れて来し　数は足らでぞ　帰るべらなる

內容描述：春天到來，聽見北返雁群的鳴叫，聲音聽來悲傷，是因為數量少於來時之故吧！貫之所引的這兩句表現的是回程的數量少於去程，亦即雁群缺少了同伴，因此叫聲聽來格外哀戚。由此思及赴任時還活蹦亂跳的女兒，回程時卻已不在人世，心中不禁感慨萬千。

4 延伸學習

我們說《土佐日記》是日記文學的先河，帶動平安朝「女流日記」的創作熱潮。《土佐日記》明明出自男性之手，為什麼又會有「女流日記」的說法呢？男女兩性所寫的日記有什麼差異呢？

前面我們曾介紹日記最早是男性以漢字記錄備忘之用，對於書寫者的男性而言，日記首重實用性，其特徵除了以漢字書寫以及作為備忘之用以外，還包括了明確標示日期、記錄事實、當天書寫等特質。當作者的性別為女性時，日記的形式及內涵開始出現了重大的轉變。女性以其慣用的假名文字書寫日記時，原則上不標示日期、內容也未必皆為事實、以回憶過往的方式描述、具有強烈自我表現、觀察、反思的特質⑲。日記成為女性抒發情感的主要管道之後，創作的成分提升，事件發生的時間及其真偽也就不再受到重視了。

就以上所羅列出兩性日記的差異來看，《土佐日記》以假名呈現、內容也未必皆為事實、具有強烈自我表現、觀察、反思的特質，符合「女流日記」的特徵，而明確標示日期及當天書寫則是屬於男性日記的特質。《土佐日記》不僅是開創了日記文學的形式，身為男性的作者以假名「創作」出兼具了兩性日記的特質，可說是奠定了日後「女流日記」基礎的同時，也指引了發展的方向。

5 豆豆小知識

《土佐日記》在日本文學史上的重要性及其文學類型、作者生平、內容簡介等，看到這裡，相信讀者都已經有概略的理解了。然而你知道嗎？《土佐日記》除了閱讀、欣賞之外，還能拿來品嚐。

「土左日記」是由高知縣一間名為「青柳」（青柳（あおやぎ））的公司於昭和二十九年（西元一九五四年）所推出的和菓子。根據商品介紹，紀貫之的《土佐日記》是最早以「土

⑲ 兩性日記之特徵詳見長谷川政春〈土佐日記——《性差》と《言説》〉，頁二十七至五十二（收錄於久保朝孝編《王朝女流日記を学ぶ人のために》）。

佐」為主題，推廣、介紹這個地方的作品。此外，紀貫之作為土佐國守期間，深受當地人民的愛戴。為了紀念作者，故以作品名稱為商品命名。單就外表，看起來似乎跟一般日本隨手可得的點心沒什麼兩樣。不過，為看來平凡無奇的點心冠上充滿文藝氣息的商品名稱，或許有刺激消費的效果。結合文學作品的商品行銷策略奏效，也使得「土左日記」成為高知縣在地熱銷的名產，外地人來到高知，也都指明購買「土左日記」作為伴手禮。

6 主要參考文獻

- 小沢正夫、松田成穂校注・訳（一九九五）《古今和歌集》新編日本古典文学全集十一，東京：小学館
- 菊地靖彥、木村正中、伊牟田経久校注・訳（一九九五）《土佐日記　蜻蛉日記》新編日本古典文学全集十三，東京：小学館
- 久保朝孝編（一九九六）《王朝女流日記を学ぶ人のために》，京都：世界思想社
- NHK for school 10min ボックス古文・漢文：土佐日記 https://www2.nhk.or.jp/school/watch/bangumi/?das_id=D0005150064_00000（西元二〇二三年八月二十九日查閱）

五 隨筆文學傑作——《枕草子》

1 作者與作品簡介

《枕草子》的作者清少納言（清少納言）的曾祖父清原深養父（清原深養父）、以及父親清原元輔（清原元輔）均為平安時期的知名歌人。清少納言的本名不詳，一說為清原諾子（清原諾子），「清」為家族姓氏「清原」而來，「少納言」[1]為官銜。其生卒年亦不明[2]。天元四年（西元九八一年）曾與陸奧守橘則光（橘 則光）[3]有過

① 《枕草子》之中，皇后藤原定子常稱其「少納言」。關於「少納言」的來源有幾種說法，當時多以女官之父親、丈夫或兄弟等官銜稱呼之，然而經過考證，其丈夫或家人之中並無擔任「少納言」者，因此一說是她曾與任少納言的藤原信義訂下婚約；另一說認為皇后曾賜她「少納言」一職。

② 推測約莫為康保三年至萬壽二年（西元九六六至一〇二五年）。

③ 平安中期貴族，生於康保二年（西元九六五年），卒年不詳。則光的勇武事蹟可見於《今昔物語集》第二十三

一段婚姻，育有一子橘則長（橘則長）④。離婚之後，正曆四年至長保二年末（西元九九三至一〇〇〇年），入宮服侍中宮藤原定子⑤，極受定子的信任。中宮產後驟逝，清少納言出宮，嫁給攝津守藤原棟世（藤原棟世）⑥，育有一女上東門院小馬命婦（上東門院小馬命婦）⑦，亦為知名歌人。棟世去世之後，清少納言出家為尼⑧。

根據推測，《枕草子》約完成十世紀末⑨，也有《枕草紙》、《枕冊子》、《枕双紙》等同音標示，也曾被稱為《清少納言記》、《清少納言抄》。文體類型稱為「隨筆」（隨筆），其源流為日記。日記原為貴族男性用漢字依照時間順序記錄以備忘之用，主要為實用性質，不具文學性。《土佐日記》（土佐日記）⑩開創了日記文學的先河之後，帶動了女流日記的發展，陸續有《蜻蛉日記》（蜻蛉日記）、《和泉式部日記》

卷的第十五話。

④ 平安中期貴族、歌人（西元九六八至一〇三四年）。

⑤ 藤原定子（ふじわらのさだこ／ていし），貞元二年至長保二年（西元九七七至一〇〇〇年），藤原道隆之長女，一条天皇的皇后。

⑥ 平安中期貴族，生卒年不詳，據推測年齡約長清少納言二十歲以上。攝津為古地名，為現在大阪府中北部以及兵庫縣東南一帶。「守」是職務名，相當地方縣市長。

⑦ 平安女流歌人，作品收錄於《後拾遺和歌集》、《新續古今和歌集》。

⑧ 據傳清少納言於京都「誓願寺」出家。參閱誓願寺官網〈https://www.fukakusa.or.jp/p014.html〉（西元二〇二四年十一月十六日查閱）。

⑨ 亦有一說為十一世紀初長保三年（西元一〇〇一年）。

⑩ 平安時期成書，是日本最早的日記作品，作者為紀貫之，對平安時期女流日記的風潮產生重大的影響。詳參本書第四章。

（和泉式部日記）、《紫式部日記》（紫式部日記）、《更級日記》（更級日記）的問世。這一股熱潮在平安中期之後逐漸衰退，為隨筆、紀行文學所取代。《枕草子》是隨筆文類之起源，其最大的特徵在於對生活的點滴與周遭的事物之細微觀察與感受，與《源氏物語》並列為中古文學雙璧。

土佐光起（十七世紀）《清少納言圖》

原圖連結：https://commons.wikimedia.org/wiki/File:Sei_Shonagon2.jpg?uselang=zh-tw（西元二〇二四年八月十八日查閱）

《枕草子》當中取材的範圍廣泛，舉凡季節更迭、自然景色、身邊瑣事，宮中所見、生活感觸、個人好惡等，無一不是清少納言的靈感來源。全書可區分為「類聚式章段」（類聚的章段）、「日記式章段」（日記的章段）、「隨想式章段」（随想的章段）等三種類型，「類聚式章段」是以事物為主題，分類列舉，充滿作者敏銳的觀察與獨特的看法。「日記式章段」則是對宮廷生活的回憶，在三種類型中所佔的數量最多，展現出作者豐富的學識與個性犀利、機智的一面。「隨想式章段」包含了對自然景色、人、事等感受之抒發，充滿美感及細膩的感性抒發為最大的特色。全書約三百章段，現存「能因本」（能因本）、「三卷本」（三卷本）、「前田本」（前田本）和「堺本」（堺本）四種版本，從二八〇至三三〇約五十段的內容，因版本各有增減。現在流傳的是以「三卷本」為底本所編輯的版本，中譯本則以周作人、林文月[11]的版本為人所知。

⑪ 林文月的譯本由中外文學於西元一九八九年出版，洪範書店又於西元二〇〇〇年出版。

2 文本

◆原文摘錄⑫

①春はあけぼの

春はあけぼの。やうやうしろくなりゆく山ぎは、すこしあかりて、紫だちたる雲のほそくたなびきたる。

夏は夜（よる）。月のころはさらなり、闇（やみ）もなほ、蛍（ほたる）のおほく飛びちがひたる。また、ただ一つ二つなど、ほのかにうち光りて行くもをかし。雨など降るもをかし。

秋は夕暮（ゆふぐ）れ。夕日のさして山の端（は）いと近うなりたるに、烏（からす）のねどころへ行くとて、三つ四つ、二つ三つなど飛びいそぐさへあはれなり。まいて雁（かり）などのつらねたるが、いと小さく見ゆるは、いとをかし。日入（い）り果てて、風の音（おと）、虫の音（ね）など、はた言ふべきにあらず。

冬はつとめて。雪の降りたるは言ふべきにもあらず、霜のいと白きも、またさらでもいと寒きに、火などいそぎおこして、炭持（すみも）てわたるも、いとつきづきし。昼になりて、ぬるくゆるびもていけば、火桶（ひをけ）の火も、白き灰（はひ）がちになりてわろし。

⑫ 摘錄自《枕草子》新編日本古典文学全集十八（小学館）。

②雪のいと高う降りたるを、例ならず御格子まゐりて

雪のいと高う降りたるを、例ならず御格子まゐりて、炭櫃に火おこして、物語などしてあつまりさぶらふに、「少納言よ。香炉峰の雪いかならむ」と仰せらるれば、御格子上げさせて、御簾を高く上げたれば、笑はせたまふ。人々も「さる事は知り、歌などにさへうたへど、思ひこそよらざりつれ。なほこの宮の人にはさべきなめり」と言ふ。

③ありがたきもの

ありがたきもの。舅にほめらるる婿。また、姑に思はるる嫁の君。毛のよく抜くるしろがねの毛抜き。主そしらぬ従者。つゆの癖なき。かたち、心、ありさますぐれ、世に経るほど、いささかのきずなき。同じ所に住む人の、かたみに恥ぢかはし、いささかの隙なく用意したりと思ふが、つひに見えぬこそ、かたけれ。物語・集など書き写すに本に墨つけぬ。よき草子などは、いみじう心して書けど、かならずこそきたなげになるめれ。男女をばいはじ、女どちも、契り深くて語らふ人の、末までなかよき人かたし。

④うつくしきもの

うつくしきもの。瓜（うり）にかきたるちごの顔。雀（すずめ）の子のねず鳴きするにをどり来（く）る。二（ふた）つ三（み）つばかりなるちごの、いそぎて這（は）ひ来（く）る道に、いと小さき塵（ちり）のありけるを、目ざとに見つけて、いとをかしげなる指（および）にとらへて、大人（おとな）ごとに見せたる、いとうつくし。頭（かしら）はあまそぎなるちごの、目に髪（かみ）のおほへるを、かきはやらで、うちかたぶきて物など見たるも、うつくし。

大きにはあらぬ殿上童（てんじやうわらは）の、装束（さうぞ）きたてられてありくもうつくし。をかしげなるちごの、あからさまに抱（いだ）きて、遊ばしうつくしむほどに、かいつきて寝たる、いとらうたし。

雛（ひひな）の調度（てうど）。蓮（はちす）の浮（う）き葉（は）のいと小さきを、池より取りあげたる。葵（あふひ）のいと小さき。何も何も、小さきものは、みなうつくし。

いみじう白く肥（こ）えたるちごの、二つばかりなるが、二藍（ふたあゐ）の薄物（うすもの）など、衣長（きぬなが）にて襷（たすき）結（ゆ）ひたるが、這（は）ひ出（い）でたるも、また短きが袖（そで）がちなる着てありくも、みなうつくし。八（や）つ九（ここの）つ十（とを）ばかりなどのをのこ子（ご）の、声は幼（をさな）げにて文（ふみ）よみたる、いとうつくし。

鶏（にはとり）の雛（ひな）の、足高（あしだか）に、白うをかしげに、衣短（きぬみじか）なるさまして、ひよひよとかしがましう鳴きて、人の後先（しりさき）に立ちてありくもをかし。また親の、ともに連れて立ちて走るも、みなうつくし。かりのこ。瑠璃（るり）の壺（つぼ）。

日文摘要

①春(はる)は夜明(よあ)けが良い

春は夜明けが良い。だんだんと白(しろ)くなっていく空が、少し明るくなって、淡(あわ)い紫に染(そ)まった雲が細(ほそ)くたなびいて⑬いるのが良い。

夏は夜が良い。月が出ているころはもちろん、月のない闇(やみ)もまた良い。蛍(ほたる)がたくさん飛(と)び交(か)っているのも、ほんの一匹二匹(いっぴきにひき)がほのかに光っているのも良い。雨が降るのもまた良い。

秋は夕暮(ゆうぐ)れが良い。夕日(ゆうひ)が映(は)えて、山の端(はし)⑭すれすれ⑮になっているときに、カラスが巣(す)に帰ろうと、三羽四羽、二羽三羽と飛び急(いそ)いでいる様子(ようす)が、心にしみる。まして、雁(かり)などの列(れつ)を連(つら)ねて飛んでいる様子が、遥か遠くに小さく見えるのは面白(おもしろ)い。日が沈(しず)んでしまって、風や虫の音などが聞こえるのは、また良い。

冬は早朝(そうちょう)が良い。雪が降る朝はもちろん、霜(しも)が真(ま)っ白(しろ)に降(ふ)っているのも、そうでなくても、とても寒い朝、火を急いでおこして、炭火(すみび)を部屋(へや)から部屋へ運(はこ)びまわる

⑬ 繚繞。
⑭ 山與天空的交際線、稜線。
⑮ 緊靠、貼近。

のも良い。昼になって寒さが緩む⑯と、炭火が白く灰になってしまっているのは、好きではない。

②いつもと違って御格子を下して

雪が深く降り積もっている。いつもと違って御格子⑰を下して、火鉢に火をおこして、皆でお話をして集まってお仕え⑱していると、（中宮定子様⑲が、）「少納言よ。香炉峰の雪はどうだろうか。」とおっしゃるので、（私は人に命じて）御格子を上げさせて、御簾を高く上げたところ、（中宮定子様が）お笑いになる。女房達⑳は「その漢詩なら知っているのに、全然思い付かなかった。やはり、この宮さまの女房としてしかるべき㉑方なのね。」と言った。

⑯ 緩和。
⑰ 格柵狀的門或窗。
⑱ 服侍、侍奉。
⑲ 中宮為皇后。
⑳ 宮女們。
㉑ 合適的、適當的。

③めったにないもの

めったにないもの。舅㉒にほめられる婿㉓。姑㉔に可愛がられる嫁。毛のよく抜ける銀の毛抜き㉕。主人の悪口を言わない召使い㉖。癖㉗のない人。外見と中身がすぐれて、欠点のない人。同じところに住んでいる人で、互いに気をつかって、隙㉘を見せない人はめったにない。物語や歌集を書き写す㉙ときに、墨をつけないこともめったにない。良い本をとても注意して書くのだが、必ず汚れてしまうようだ。男女の仲は言うまでもないが、女友達でも、最後まで仲良く付き合っている人はめったにいない。

④かわいらしいもの

かわいらしいもの。瓜に描いた子供の顔。雀の子が、人がちゅんちゅん㉚鳴き真

㉒岳父。
㉓女婿。
㉔婆婆。
㉕鑷子、夾子。
㉖隨從、僕人。
㉗壞習慣。
㉘缺陷、遺漏。
㉙抄寫。
㉚老鼠叫聲。

似をすると、飛び跳ねてくる様子。二、三歳くらいの子供が、急いで這ってくるとき、小さなちり㉛があったのを見つけて、指でつまみあげて㉜、大人に見せている様子。頭の髪をおかっぱ㉝にしている子供が、目に髪が覆いかぶさっているのを払い㉞のけることもせずに、首をかしげて㉟物を見ている様子も、かわいらしい。

大きくはない殿上童㊱が、立派な着物を着せられて歩いているのもかわいらしい。

可愛い子供が、少し抱いて遊ばせているうちに、寝ているのもとてもかわいらしい。

人形遊びの道具。蓮の浮き葉でとても小さいのを、池から取り上げたもの。葵㊲のとても小さいもの。何もかも㊳小さいものなら、すべてかわいらしい。色白で太っている二歳の子が、二藍㊴の薄い着物を、丈が長く、たすきで結びあげて着ていて、這い出しているのも、また短い着物で袖だけが目立つ様子で歩いているのもかわいらしい。八、九、十歳ぐらいの男の子が、幼い声で読み上げる㊵のも、とてもかわ

㉛ 灰塵、塵埃
㉜ 抓起。
㉝ 蓄著齊瀏海的髮型。
㉞ 撥開。
㉟ 歪著、斜著。
㊱ 在宮中學習禮儀的，且被允許上殿的貴族子弟。
㊲ 樹名。日文名稱為「二葉葵」，臺灣稱為「雙葉細辛」。
㊳ 什麼都、一切、全部。
㊴ 帶紅的紫色。
㊵ 朗讀、朗誦。

いらしい。

鶏（にわとり）の雛（ひな）が足が長く、白くかわいらしげに、丈の短い着物を着ているような感じで、ぴよぴよ㊶と鳴いて、人の周（まわ）りを歩くのもかわいらしい。また親子（おやこ）が一緒に連れ立って㊷走るのもかわいらしい。雁の雛。瑠璃の壺。

中文摘要

①春曙為最

春曙為最。山頂漸白，漸露曙光，紫雲繚繞蒼空。

夏夜為最。明月當空自不待言，暗夜無月，或螢群飛舞，或少數孤飛，雨夜亦美。

秋暮為最。山巔夕照，烏鴉歸巢之際，幾隻飛過，感人入勝。遙望大雁群飛，別有趣味。日暮西山，聞風聲蟲鳴，亦美。

冬曉為最。霜色皚皚，或無雪無霜皆然。破曉嚴寒，連忙生火分送，別有趣味。午後漸暖，火盆蒙上一層白灰，煞風景。

㊶ 小鳥啾啾的叫聲。
㊷ 一同、相伴。

②積雪甚深、關上木窗

積雪甚深，關上木窗，火爐邊生火閒聊。中宮說：「少納言，香爐峯的雪如何？」於是我命人開窗拉起簾子，中宮不禁莞爾。眾人說：「這首詩我們也知道，卻沒想起。侍奉中宮，非你莫屬。」

③少見之事

少見之事，有受岳父誇讚的女婿、有受婆婆疼愛的媳婦、有易拔毛的銀製鑷子、有不說主人壞話的下人、有沒半點壞習慣的人、有外表與內在皆無可挑剔的人。住在一起、互相尊重、不讓人察覺缺陷的人。少有抄書時不弄髒書的人，再怎麼小心，似乎難免弄髒。女性之間能長久維持情誼是少見，遑論異性交往。

④可愛之物

可愛之物，有畫在瓜皮上的童顏。小麻雀聽見人吱吱叫，飛著跳來。兩、三歲的小孩急著爬過來時，以小小的手指捏起灰塵給大人看的模樣。剪著齊瀏海的小娃，頭髮蓋住眼睛也不撥開，歪頭看東西的樣子，真是可愛。

年紀不大的殿上童子穿著華麗的衣服走路的樣子，甚是可愛。小孩子抱在懷裡哄著、玩到一半就睡著的樣子，也很可愛。

女兒節的用具、池裡撈起特別小的蓮葉、極小的葵葉，任何事物，小的都很可愛。白晰胖胖的兩歲小孩，穿著紫色過長的衣物，以布條固定袖口，爬出來的模樣，還有衣服下擺過短、袖子特別明顯的孩子，四處走動的樣子，也很可愛。八、九、十歲的男童，用稚氣的聲音唸書，十分可愛。

腳長的小雞，潔白可愛地，就像是穿了短衣般，啾啾地在人腳邊啼叫，相當可愛。跟在母雞身邊走著也很可愛。雁的卵、琉璃製的壺亦然。

3 作品賞析

①春曙為最

本段屬於「隨想式章段」，分別敘述了春夏秋冬的迷人之處，體現了四季各自的魅力。以季節分段，描繪出春曙、夏夜、秋暮、冬曉各季最迷人的時間。另外像是春天的紫色雲霞、夏天的月夜、秋天的夕陽、冬天的雪景，以特定的自然現象，襯托出每個季節獨特的感受。除了有白、紫等顏色及光影變化的視覺描寫之外，也有風聲蟲鳴等聽覺的描寫，更有冬季寒暖之差的溫度敘述，可以說是涵蓋了視覺、聽覺、觸覺等感官的內容。而在種種美麗、有趣的景致描寫之後，最後卻以不喜歡火爐上蒙上一層白灰來結尾，增添了文章的趣味性。

四季之魅力

春天日出曙光圖

夏夜螢火蟲飛舞圖

秋天黃昏夕照圖

冬天清晨降雪圖

②積雪甚深、關上木窗

本段屬於「日記式章段」，主要內容為清少納言對宮廷生活點滴的回憶。乍看之下，似乎只是描述發生在冬季、主僕之間平淡無奇的互動，然而文中「香爐峯之雪」才是別有玄機，呼應了白居易的七言律詩〈重題 其三〉。

日高睡足猶慵起，小閣重衾不怕寒。遺愛寺鐘欹枕聽，香爐峯雪撥簾看。匡廬便是逃名地，司馬仍爲送老官。心泰身寧是歸處，故鄉何獨在長安。

文中提到中宮問清少納言道：「香爐峯的雪如何？」清少納言立刻聯想起白居易詩中「香爐峯雪撥簾看」一句，便讓人拉起簾子，中宮因此莞爾一笑。由兩人之間的互動，一方面展現出作者對於漢文的造詣及機智聰敏，一方面也可觀察到主從之間的深厚默契。

③少見之事、④可愛之物

這兩段均屬於「類聚式章段」，前者列舉世間罕見之事，後者說明何謂可愛的東西，由標題便可一目了然。

作者觀察身邊的人、事、物，歸納出世間罕見之事。包括了受岳父誇讚的女婿、受到婆婆疼愛的媳婦、不說主人壞話的下人等，像這樣因立場對立而緊張的人際關係，與我們身處的現代社會似乎沒有什麼不同。此外，內外兼備的人、能長久維持情誼的

歌川芳虎（一八七二）《書畫五拾三驛　大和西京　清少納言雪見之圖》（書画五拾三駅　大和西京　清少納言雪見の図）

原圖連結：https://zh.wikipedia.org/wiki/File:Sei_Shonagon_viewing_the_snow.jpg（西元二〇二四年八月五日查閱）

人，也是身邊極為少見的。文中提到抄寫書籍而不弄髒的人十分罕見，體現了在印刷術普及之前的時代，閱讀書籍或求知的困難。

在各種人際關係或為人處事之道的細微觀察之中，突然提及容易拔毛的銀製鑷子，難免給人突兀的感覺。不只在現代，當時的銀也是稀有且昂貴的材質，一般鐵製的鑷子，具備基本功能，外觀卻是差強人意。除了鐵，也有銀製的鑷子，由於罕見且昂貴，也只有身分高貴的人能取得。銀製的鑷子看起來貴氣，卻不太好用。因此，清少納言才感嘆好看又好用、兩全其美的物品實屬罕見，正如內外兼備的人，也同樣是少之又少呀！

清少納言觸目所及可愛的東西可說是琳瑯滿目，小麻雀、小雞、小孩、小葉子等，無一不可愛，而這些事物的共通點就是「小小的」。這樣的想法深深影響了日本人的審美觀，奠定了「小即是美」的日式美學。「かわいい」的概念源自於「可愛(かわい)らしい」一詞，有小小的、柔軟的、柔和的、幼稚的、未經世事的等多種意涵。另一方面，「かわいい」也代表了與一般或正常不同，充滿缺陷、未臻完美的狀態，這與西方所追求平衡、協調、完整的美感大相徑庭。就像小麻雀、小雞、小孩、小葉子等，這些小小的、柔弱的、容易受到傷害的人、事、物，出現在眼前時，容易激發想呵護他們的本能，或許這正是小小的東西為了生存、延續下去，散發出令人想親近、惹人憐愛的氣質，其背後作用的機制。

此外，從「かわいい」衍生出的「ブサかわいい」與「キモかわいい」，分別是由「不細工（ぶさいく）」、「気持（きも）ち悪（わる）い」與「かわいい」結合而成的複合詞，意指醜陋、噁心卻不討厭，反倒令人著迷、惹人憐惜的事物。這種充滿衝突的美感，其根源可追溯至平安時期。

4 延伸學習

《枕草子》的原文頻繁出現「をかし」、「いとをかし」等用法。字典當中，「をかし」有五種主要的解釋：（一）滑稽、怪異、好笑；（二）趣味盎然、吸引人、有趣；（三）別有風情、興致；（四）美的、優美、可愛；（五）優秀、出色、絕妙。無論是「あはれ」或是「をかし」，都與「趣（おもむき）」一字脫離不了關係。「趣」有情趣、韻味、風情、風味、興致等意涵。「をかし」是察覺到有「趣」的事物，受到感動之餘，對其客觀、冷靜地觀察而產生的感受。相較於受到外在事物的影響，帶動內在持續情緒波動的「あはれ」，「をかし」是在短時間內波動劇烈的情感，感受有其限定的範圍。

5 豆豆小知識

在《紫式部日記》㊸當中，紫式部對於清少納言這個人，從外表到內涵無一不批評。說她不但長得一副自以為是的臉孔，雖然作品中大量使用漢字㊹，但是漢文的知識卻是差強人意。此外，清少納言好將日常的發現、生活的點滴、細微的感受一一記載，讚嘆這點點滴滴真是可愛、令人憐愛、令人讚嘆、難能可貴（をかし、あはれ、めでたし、ありがたき）。這種充滿感性的行為在紫式部眼裡簡直就是大驚小怪、無病呻吟的行為。

以上所引《紫式部日記》中的段落，有人將其解讀為紫式部對清少納言的強烈競爭意識，這很可能只是後世讀者對於活躍於同一時期的兩位才女之間的捕風捉影。清少納言服侍的中宮定子死後，一条天皇再娶的續絃正是紫式部服侍的中宮彰子。雖然清少納言與紫式部兩人曾任職於同一職場，不過二人在宮中的時間前後差了五年之久，並未重疊，推測應該未曾謀面。《枕草子》在當時貴族圈十分受到歡迎，甚至五年後紫式部進宮時還在貴族間廣為流傳。此時正值紫式部開始創作《源氏物語》之際，對

㊸ 紫式部記錄寛弘五至七年（西元一〇〇八至一〇一〇年）宮中生活點滴的作品。參閱《紫式部日記》新編日本古典文学全集二十六，（小学館），頁二〇二。

㊹ 這個時期，漢字的使用還是以男性為主，多使用於政治用途，女性則慣於使用俗稱「女文字」的平假名。貴族人家的女子仍能受到漢詩文的薰陶，以漢字書寫雖然是教養的表現，另一方面卻也給人炫耀的感受。紫式部為了不讓周遭的人知道自己的才識，甚至曾謊稱自己連漢字的「一」都不會寫。

於自己的作品是否能像《枕草子》一般受到歡迎相當焦慮，說穿了這些批評只不過是紫式部缺乏自信的展現。

6 主要參考文獻

- 片桐顕智編（一九六五）《枕草子・徒然草》古典文学全集五，東京：株式会社ポプラ社
- 中野幸一校注・訳（一九九四）《紫式部日記》新編日本古典文学全集二十六，東京：小学館
- 久保朝孝編（一九九六）《王朝女流日記を学ぶ人のために》，京都：世界思想社
- 松尾聰、永井和子訳注（一九九七）《枕草子》新編日本古典文学全集十八，東京：小学館
- 林文月譯（二〇〇〇）《枕草子》臺北：洪範書店

六 說話文學濫觴——《日本靈異記》

1 作者與作品簡介

平安初期的佛教說話①集《日本靈異記》，全名為《日本國現報善惡靈異記》（日本国現報善悪霊異記），簡稱為《日本靈異記》或《靈異記》。作者為奈良藥師寺（薬師寺②）名為「景戒」（景戒／景戒）的僧侶，景戒之生卒年不詳，僅能由書中內容推測得知其出生於紀伊國名草郡（紀伊国名草郡③）的富裕階層，有結褵的妻子，

① 「說話」指的是在街頭巷尾口耳相傳的文學類型，出現於平安初期，最早是因應宗教用途而興起，日本第一部佛教說話集就是《日本靈異記》。平安後期開始出現了世俗說話集，當中收錄的內容與佛教說話集不同。之後又有集結佛教說話與世俗說話的說話集類型，其中最知名的就是下一章介紹的《今昔物語集》。

② 佛教法相宗的寺廟，為南都七大寺之一。天武天皇九年（西元六八〇年），為當時生病的皇后祈願健康所建。

③ 今和歌山縣海南市一帶。

家中有兩匹馬。據推測，景戒原為「私度僧」，也就是未受國家認可、自稱為僧的修行者，直到晚年才接受出家的儀式，成為正式的僧人。

全書以漢文體呈現，成書的年代不明，根據推測，本著約成書於延曆六年（西元七八七年），經後續增補而成，現有弘仁十三年（西元八二二年）、弘仁十四年（西元八二三年）、弘仁年間（西元八一〇至八二四年）等幾種不同的說法，實際成書於平安初期這一點是學者之間的共識。《日本靈異記》編輯的目的是用來作為「唱導」（唱導）的「種本」（種本），「唱導」是指唸唱經文以宣揚教義，吸引信徒信奉佛教；「種本」則是指教材或書籍。景戒編著此書主要是為了吸引眾人來聽故事，宣揚佛教。因此，作品當中的用字遣詞貼近一般民眾，內容也十分簡潔、直接，除了以善惡有報為作品的主旨，希望加強民眾對信仰的虔誠，多行善事，另一方面也能尊敬佛與僧人，產生敬畏之心，遠離惡行。

全書分為上、中、下三卷，大致以年代順序排列，收集了「雄略（雄略）天皇④」至「嵯峨（嵯峨）天皇⑤」期間共一一六篇故事而成。內容以佛教傳入日本之後的事件為主，著重於個人行為的因果報應，這一點由完整書名《日本國現報善惡靈異記》可知，亦有少數與佛教無關的內容收錄在內。除了收集日本的佛教故事、逸事奇談，也抄錄

④ 日本第二十一代天皇，在位時期約為西元四五六至四七九年期間。
⑤ 日本第五十二代天皇，在位時期為西元八〇九至八二三年期間。

了不少漢籍故事。《日本靈異記》為日本最早出現的佛教說話集，同類型的作品於平安時期還有《三寶繪詞》（三宝絵詞）、《打聞集》（打聞集），中世則有《發心集》（発心集）、《沙石集》（沙石集）為代表。平安後期開始出現了性質與「佛教說話」相異的「世俗說話」，內容主要描寫當時的社會與庶民生活，此時成書的《今昔物語集》（今昔物語集）正是結合了兩種形式的說話文學巨著。

《日本靈異記》有「興福寺本」（興福寺本）、「來迎院本」（來迎院本）、「真福寺本」（真福寺本）、「前田家本」（前田家本）、「金剛三昧院高野山本」（金剛三昧院高野山本）等幾種古抄本，目前流傳的多以「興福寺本」與「真福寺本」為底本校注編輯而成。

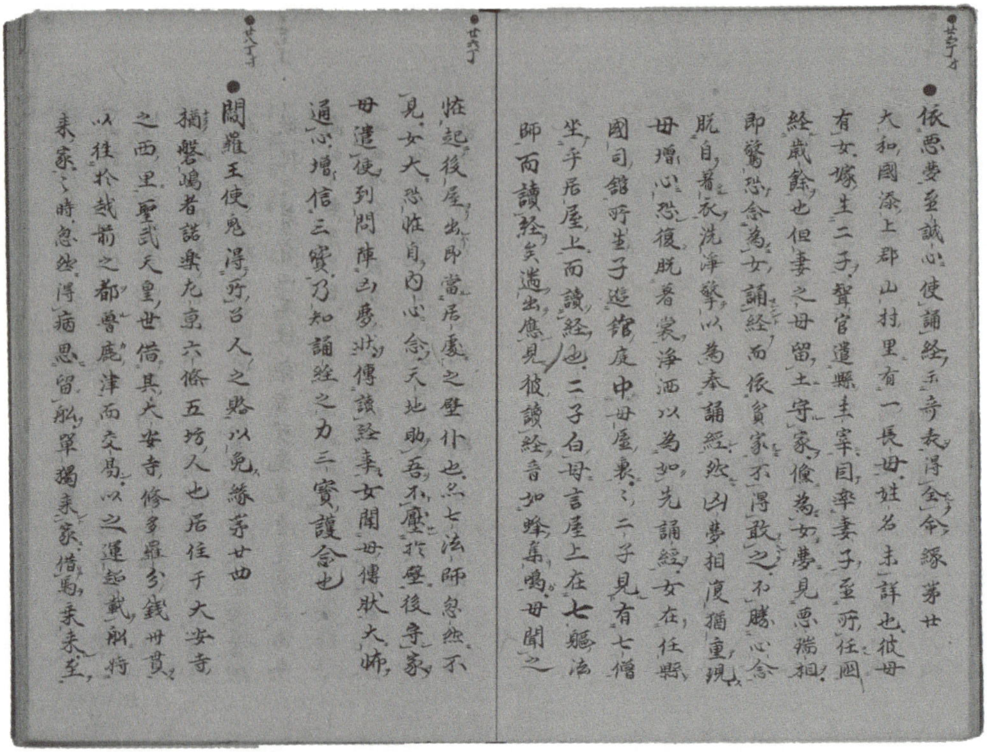
依悪夢至誠心使誦経示奇表得全命縁第廿
大和國添上郡山村里有一長母姓名未詳也彼母
有女嫁生二子聟官遣縣主宰因率妻子至所任國
経歳餘也但妻之母留守家僕為女夢見悪瑞相
即驚恐念為女誦経而依貧家不得致之不勝心念
脱自著衣洗浄擎以為奉誦経然凶夢相度猶重現
母増心恐復脱著裳浄洒以為加先誦経女在任縣
國司舘所生子遊館庭中母屋裏々二子見有七僧
坐于居屋上而讀経也二子白母言屋上在七躯法
師而讀経矣遄出應見彼讀経音如蜂集鳴母聞之
恠起後屋出即當居處之壁仆也亦七法師忽然不
見女大恐恠自内心念天地助吾不壓於壁後守家
母遣使到問陳凶夢状傳読経事女聞母傳状大怖
逼心増信三寶乃知誦経之力三寶護念也
閻羅王使鬼得所召人之賂以免縁第廿四
楢磐嶋者諾楽左京六條五坊人也居住于大安寺
之西里聖武天皇世借其大安寺修多羅分銭卅貫
以往於越前之都魯鹿津而交易以之運超載船将
来家之時忽然得病思留船單獨来家借馬乗来至

《日本靈異記》（伴信友校藏書）、中卷・第二十四〈閻羅王使いの鬼、召するところの人の賂を得て免す縁〉（京都大学附属図書館所蔵）

原圖連結：京都大学貴重資料デジタルアーカイブ
https://rmda.kulib.kyoto-u.ac.jp/item/rb00000088/explanation/ryoiki
（西元二〇二三年八月三十日查閱）
『霊異記・伴信友校蔵書』（京都大学附属図書館所蔵）部分
『霊異記・伴信友校蔵書』（京都大学附属図書館所蔵）を改変

原文摘錄⑥

中巻　力女示強力縁　第二十七

尾張宿禰久玖利者、尾張国中嶋郡大領。聖武天皇食国之時人也。久玖利之妻、有同国愛知郡片蕝里之女人。是昔、有元興寺道場法師之孫也。随夫柔儒、如練糸綿。織麻細疊而著夫大領。疊姝无比。時其国行主、稚桜部任也。国上視於著大領之衣姝、而取言、「非可著汝之衣」。不返也。妻問、「何衣」。答、「国上取」。復問、「彼衣心惜思耶」。答言、「甚惜」。妻即往、居国上之前、乞言、「衣賜」。爾国上言、「何女、引捨」。使引不動。女二指以、取国上居床之端、居惣持出於国府門外、国上衣襴、捕粉条然、乞言、「衣賜」。国上惶煩、彼衣返与。取持帰家、洒浄、牒収其衣。于呉竹捕粉如練糸。大領之父母、見之大惶、告其子言、「汝依此妻、国司見怨、行事」、大惶告。「国司作是、事各動有、我等何作。不能寝食。故送本家而不勝」。然後此嬢、至彼里草津川之河津、而衣洗。時商人、大船載荷乗過。船長見孃、言煩嘲哃。女言「黙」。

⑥ 摘錄自《日本靈異記》新編日本古典文学全集十（小学館）。

女言、「犯人者頻痛所拍」。船長聞瞋、留船打女。女不痛拍、船半引居、舳下入水。雇津辺人、船物持上、然更載船。嬢言、「无礼故引居船。何故諸人令陵賤女」。船荷載惣、亦一町程引上而居。於茲船人大惶、長跪白言、「犯也。服也」。故女聴許。彼船五百人引不動。故知、彼力過五百人力。如経説。「作餅供養三宝者、得金剛那羅延力云々」。是以当知、先世作大枚餅、供養三宝衆僧、得此強力矣。

読み下し文⑦ 中巻 力ある女の強力を示しし縁 第二十七

尾張宿禰久玖利は、尾張国中嶋郡の大領なりき。聖武天皇国食シシ時の人なり。久玖利が妻は、同じ国愛知郡片蕝の里に有りし女人なり。是は昔、元興寺に有りし道場法師の孫なり。夫に随ひ柔カニ儒カニして、練りたる糸綿の如し。麻の細き蘲を織りて、夫の大領に著せたり。国の上、大領に著せたる衣の姝しきを視て、取りて言はく、「汝に著すべき衣に非ず」といひて、返さず。妻、「何にぞ、衣は」と問ふ。答ふらく、「国の上取れり」といふ。復、「彼の衣を心に惜しとや思ふ」と問ふ。答へて言はく、「甚だ惜し」といふ。妻即ち往きて、国の上の前に居て、乞ひて言はく、「衣賜はむ」。爾の国の上言はく、「何の女ぞ、引き捨てよ」といふ。引かしむれども動かず。

⑦「読み下し文」（よみくだしぶん）是古代日文中漢文表現的內容，以假名標示其讀音的一種翻譯方式。

女、二つの指を以て、国の上の居る床の端を取り、居ヱ惣ラ国府の門の外に持ち出で、国の上の衣の襴を、条然に捕り粉き、乞ひて、「衣賜はむ」と言ふ。国の上惶り煩ひ、彼の衣を返し与へつ。取り持ちて家に帰り、洒ギテ浄め、其の衣を牒み收む。呉竹を捕り粉くこと練糸の如し。大領の父母、見て大きに惶り、其の子に告げて言はく、「汝此の妻に依りて、国の司に怨まれ、事に行はれむ」といひて、大きに惶り告ぐ。「国の司ヲスラニモ是ク作ルヲ、事の各に動モ有らば、我等何ニ作ム。寝ミ食ルこと能はず。故に本の家に送らむには勝じ」といふ。然る後に、此の嬢、彼の里の草津川の河津に至りて、衣洗ふ。時に商人、大船に荷を載せ乗りて過ぐ。船長、嬢を見て、言ひ煩はし嘲シ嗤ぶ。女、「黙あれ」と言ふ。女言はく、「人を犯す者は、頬痛く拍たれむ」といふ。船長聞きて瞋り、船を留めて女を打つ。女拍たるるを痛しとせず、船の半引き居ゑ、舳下りて水に入る。津の辺の人を雇ヒテ、船の物持ち上げ、然して更に船に載せき。嬢言はく、「礼无きが故に船を引き居う。何の故にか諸人賤しき女を陵がしむる」といふ。船の荷載せ惣ラ、亦一町程引き上げて居う。玆に船人大きに惶り、長跪キテ白して言はく、「犯せり。服ナリ」。故に女聴許しつ。彼の船は五百人して引けども動かず。故に知る、彼の力は五百人の力より過ぎたることを。経に説きたまへるが如し。「餅を作りて三宝に供養すれば、金剛那羅延の力を得む云々」とのたまへり。是を以て当に知れ、先の世に大枚の餅を作りて、三宝衆僧に供養し、此の強力を得たりといふことを。

日文摘要

大力の女が怪力を見せた話

聖武天皇⑧の頃、尾張宿禰⑨久玖利という者がいて、その者は美濃国中嶋郡⑩の郡長であった。そして、その妻は美濃国愛智の郡片輪の里に⑪住んでいた女で、道場法師⑫の孫に当たり、夫に従順な人であった。妻は麻の細い糸で美しい布を織り、素敵な着物を作って、夫に着せていた。国主は美しい着物を着ている郡長を見ると、その着物を奪い取った。郡長は帰宅後、着物はどうしたと妻に聞かれたので、国主に取られたと答えた。そこで、妻は夫に「その着物は惜しいと思いますか」と聞いて、夫は「大変惜しい」と答えた。すると、妻は国主の所に行って、「着物を返してください」とお願いした。国主はその女を引きずり出せと部下に命じたが、部下が引きずり出そうとしても、妻はちっとも動かなかった。代わりに、妻は二本の指で国主が座っている座席の端を持って、座席ごと国主を役所の外まで運び出し

⑧ 日本第四十五代天皇，西元七二四至七四九年間在位。

⑨ 「宿禰」為日本古代的姓氏之一，天武天皇十三年（西元六八四年），天皇依貴族與其親疏關係制訂名為「八色姓」（八色の姓〔やくさのかばね〕）的政治等級制度時，第三種就稱為「宿禰」。

⑩ 今愛知縣一宮市、尾西市、稲澤（稲沢）市及中島郡一帶。

⑪ 今名古屋市中區古渡町一帶。

⑫ 上卷第三篇的主人翁，相傳為飛鳥時代（西元五九二至七一〇年）一名力大無窮的僧人。

たため、国主の服の裾がぼろぼろになった。そして、もう一度着物を返してほしいと頼んだ。国主は恐れのあまり、取り上げた着物を返した。妻はその着物を家へ持ち帰って、きれいに洗ってからしまっておいた。それを聞いた夫の親は恐れ、妻のせいで災いを被るかもしれないから、彼女を実家に送り帰したほうがいいと息子に勧めた。そして、郡長は親に言われた通り妻を実家に帰した。ある日、女が故郷の船着き場で洗濯をしていると、ある商人が大きな船に荷物をのせて通りかかった。そのとき、船長は女にいやらしい話を言ってからかった。女は「黙りなさい」と言ったうえ、「失礼な真似をすると、頬を叩くわよ」と厳しく言った。それを聞いた船長が怒って、船を止めて女を叩いた。しかし、女は叩かれても痛がらず、船を河から陸に引き上げてしまった。仕方なく、船長は人を雇い、荷物を下して、船を水に引き入れてから、また荷物をのせた。女はまた荷物をのせた船を、河から一町⑬ほど陸に引き上げた。船長は恐れて、女の前に跪いて謝った。その船は五百人で引いても動かなかったので、その女の力は五百人以上あるということがわかる。仏経に「餅を作って、仏・法・僧⑭を供養すると、金剛那羅延⑮の力を得る」という。この女は前世に大きな餅を作って、三宝を供養したため、大力を得たのであろう。

⑬ 長度單位，約一〇九公尺。
⑭ 佛教當中的三寶，佛指佛像、法為經典、僧為僧人。
⑮ 「那羅延」為佛教神明之一，為有名的金剛力士。

中文摘要

大力女子展現力量的故事

聖武天皇時，有個叫做「尾張宿禰久玖利」的人，他是美濃國中嶋郡的郡長。他的妻子是住在美濃國愛智郡片輪里的人，也是「道場法師」的孫女，她對丈夫非常順從。她以細的麻線織布做成美麗的衣服，讓丈夫穿在身上。該國的國守看到郡長身上的衣服，覺得十分美麗，便將它搶走。回家後，妻子問郡長衣服去哪了？丈夫說被國守搶走了。於是妻子來到官府，要國守歸還衣服。國守命人抓住妻子，但她卻聞風不動。這時妻子以兩指抬著國守坐著的椅子的一端，將他拉到官府外頭。然後再次對國守要求返還丈夫的衣服，國守十分害怕，便將衣服還給她。妻子帶著衣服回家，洗乾淨之後折好收起。郡長的父母聽聞此事，勸兒子說，妻子惹怒了國守，國守可能會責怪下來，乾脆將她送回娘家吧！於是國守就將妻子趕回娘家。女子返回家鄉後，一日到河邊洗衣，有商人行船載著貨物經過，船長對這名女子說了不禮貌的話來調戲她。女子要船長住口，又對他說：「要是你再說不禮貌的話，我會賞你巴掌的。」船長聽了勃然大怒，停下船來打女子，女子被打卻絲毫不感疼痛，而是將船拖上岸來。船長雇用岸上的人，將船上的貨物搬下船，將船推回河裡，再將貨物搬到船上。這時女子又將裝滿貨物的整艘船拖到陸地上，足足拖行了一〇九公尺，船長嚇得連忙跪在女子面前，向她道歉。

大力女子將裝滿貨物的船拖上岸。

這艘船五百人都拉不動，由此可見這個女子的力氣勝過五百人以上。佛經有云：「做餅供奉佛・法・僧，則得金剛那羅延之神力。」這個女子前世應該是做了大型的餅來供養三寶，才得神力的吧！

3 作品賞析

這則故事是以一名力大無窮的女子為主，描述發生在她身上的遭遇。開頭首先詳細介紹了女子的出身，並提到此女子為道場法師之孫女。《日本靈異記》上卷第三話〈雷神賜子力大無窮的故事〉（雷の憙を得て、生ましめし子の強力在りし縁）的故事中，一位農民因為救了雷神，而生下了力大無窮的孩子，這個孩子就是道場法師。他十歲時就與當時以怪力著稱的欽明天皇第二皇子較量而獲勝，還制服了元興寺中的食人鬼。之所以特別說明女子的身世，是由於其為道場法師之後。接著描述了她的性格與才能，不只對丈夫百依百順，且擅長女紅，能為丈夫縫製精美的服飾，然而故事的起因也正是身為郡長的丈夫穿著的衣服。

描述到這裡，這位女子看來就是個溫婉賢慧的妻子，難以預料故事後續的發展。而當丈夫受到上司的欺凌，搶走身上的衣服後，妻子的祕密也被揭露了。妻子確認丈夫被搶走衣服感到遺憾的心情後，直接闖入官府欲向國守要回衣服。國守被塑造成仗勢欺人、欺善怕惡的形象，不但奪人財物，且命人抓住來要回衣服的妻子。不料衙役卻怎麼都拉不動妻子，反倒是妻子只輕鬆用兩隻手指，就將坐在椅子上的國守連同椅子拉到門外，連國守的衣擺也被磨得破爛不堪。國守嚇得雙手奉上搶來的衣服，打發妻子回去。

妻子為丈夫出了氣，帶回衣服後，讀者也發現了女主人翁不為人知的祕密，到此故事似乎即將劃下句點，此時卻出現了意外的轉折。郡長的父母怕兒子與自己受到媳婦的連累，慫恿兒子休妻，將她送回娘家。女子回到娘家之後，發生了程度更勝於前的事，就此迎來故事的高潮。某日，女子來到河邊洗衣時，受到一名船長的騷擾，聽到了一番令人面紅耳赤的話。從對國守態度強硬一事，我們就已經看到女子不畏強權的一面，她口頭制止船長反倒被打後，決定以暴制暴，憑著一己之力，兩度將整艘船拉上岸，讓船長跪地求饒。

文末作者以佛教的因果報應來為故事總結，因前世供奉三寶，故今生女子才得如此神力，藉此帶出主題，勸導世人供養三寶，這也是佛教說話集的特色之一。然而，即使故事當中存在著些許矛盾、不合理之處，或是因果關係有些牽強，我們仍能強烈感受到作者的意圖，也就是宣揚佛教的信念。景戒秉持著渡人的初衷，以變體漢文⑯刻畫出當時人們愚昧、惡劣、自私等種種的行徑，可以說是《日本靈異記》這部作品質樸的文字之下蘊含深意的展現。

⑯ 以漢文表記，當中穿插正統漢文沒有的用字、詞彙、語法，亦即兼容漢文與和文的書寫方式。

4 延伸學習

《日本靈異記》上卷序文有云：「昔漢地造冥報記、大唐國作般若験記。何唯慎乎他国伝録、弗信恐乎自土奇事。」（昔、漢地にして冥報記を造り、大唐国にして般若験記を作りき。何ぞ、唯し他国の伝録をのみ慎みて、自土の奇事を信じ恐りざらむや。）《冥報記》為唐代唐臨所撰，共兩卷，收錄因果報應的故事，以勸善戒惡。一度散佚，《日本國見在書目錄》（日本国見在書目録）⑰中可見其名。清代楊守敬於日本發現《冥報記》的抄本，本書才又得以流傳。《般若驗記》全名為《金剛般若經集驗記》，出自唐代孟獻忠之手，共三卷，其中部分內容由蕭瑀《金剛般若靈驗記》及唐臨《冥報記》抄出。景戒有感於中國有《冥報記》及《般若驗記》，日本卻沒有類似的作品，於是效法唐人，收集本土的因果報應奇事，編錄而成《日本靈異記》。

若是單就《日本靈異記》的本質而言，變體漢文搭配質樸的文風，以及勸善懲惡的佛教教義，除了貴族階層之外，也大量描寫了一般民眾的生活樣貌。在充斥著「國風文化」⑱、「貴族文學」、「女流文學」的平安文學風潮中，實屬特殊的存在。也正

⑰《日本国見在書目録》又名《見在書目録》、《本朝現在書目録》，藤原佐世於宇多天皇寛平年間（西元八八九至八九七年）奉勅所撰。仿中國《隋書．經籍志》，分為四十門，著錄了中國書籍一五七九部，共一六七九〇卷。

⑱從日本開始與中國交流，直到平安時代中期左右，皆崇尚中國唐代的文化，並在各個層面多仿效中國的形式，這種風氣稱為「唐風文化」。而從平安中期開始，師法中國的風氣式微，致力發展具日本特色的文化形式，稱之為「國風文化」。

是如此，更展現出作品的價值所在。比方我們可以從本篇介紹的故事，觀察當時社會對於女性的要求及女性的待遇。開頭介紹了妻子應順從丈夫、精於手藝等條件，然而，在這個家庭面臨危難時，妻子卻是最先被切割的人，對於父母的要求，丈夫毫無意見地照做，由此也可看到古代社會中的兩性關係，女性居於男性附庸的地位及其所受到的待遇。此外，文中描述國守強取豪奪人民財物、以船運送貨物等，亦如實反映了政治與經濟的面向。

《日本靈異記》是景戒以一人之力編輯而成，不僅開創了「說話」文學的形式，也讓後世的讀者透過他的筆下，一窺當時政治、社會、生活、經濟等各個面向的發展。其形式與內容也對平安、甚至是中世時期說話集的編纂，產生了莫大的影響。

5 豆豆小知識

本文介紹的故事中，描述了女子來到河邊洗衣，遭到船長口頭調戲。文中雖未具體描述船長說了什麼才令女子面紅耳赤，以及女子的長相如何，不過或許我們可以大膽推測女子長得標緻，船長才會在口頭上占她便宜。這個推測可不是空穴來風，而是有研究可以證實的。

學者益田勝實（益田勝実）（西元一九八七年）曾發表過一篇論文──〈大力女譚之源流〉（大力女譚の源流），整理日本說話文學中的大力女子。這一系列以大力女子為說話主題的源頭最早可追溯到《日本靈異記》，有中卷第四〈強力女子較勁的故事〉（力ある女の、力捔べを試みし縁）以及第二十七〈大力女子展現怪力的故事〉（力ある女の強力を示しし縁）兩篇作品⑲。年代接續其後的是《今昔物語集》第二十三卷第十七〈尾張國女子制服美濃狐事〉（尾張国女伏美濃狐語）、第十八〈尾張國女子索還麻衫事〉（尾張国女取返細畳語）、第二十四〈力士大井光遠妹力大無窮事〉（相撲人大井光遠妹強力語），這三篇作品均是沿襲《日本靈異記》而來，在第二十四卷「技能譚」的主題之下，集結了三個關於大力女子的故事。大井光遠之妹的故事後續又由《宇治拾遺物語》（宇治拾遺物語）第十三卷一六六篇〈大井光遠妹力大無窮之事〉（大井光遠の妹、強力の事）、《古今著聞集》（古今著聞集）第十卷相撲強力第十五〈佐伯氏長遇強力女大井子之事以及大井子爭水顯強力之事〉（佐伯氏長、強力の女高島の大井子に遇ふ事並びに大井子、水論にて初めて大力を顕はす事）承襲。從《日本靈異記》開啟了以大力女子為說話主題的系譜，風潮延續到了中世時期便戛然而止。

益田勝實考證這些以大力女子為說話主題之後，歸納出以下幾點結論。首先，說話集的故事有不少是自中國承襲而來，然而這一類大力女子相關的說話故事並非源自

⑲ 上卷第一〈捉住閃電的故事〉（電を捉へし縁（いかづちをとらへしえに））、第二〈娶狐為妻生子的故事〉（狐を妻として子を生ましめし縁（きつねをめとしてこをうましめしえに））、第三〈雷電賜子力大無窮的故事〉（雷の憙を得て、生ましめし子の強力在りし縁（いかづちのムガシビをえて、うましめしこのがうりきありしえに））為說明這兩篇大力女譚源流的相關內容。

中國，而是起源自日本。其次，這些女性力大無窮的原因是由於家族遺傳，而且只有家族中的女性繼承這種能力。再者，一般女性總給人弱不禁風的感覺，然而這些女子不但外貌出眾，且力大無比，本文當中的主人翁還是個順從丈夫、精於女紅的女子，如此充滿反差的人物設定，也為故事增添了趣味性。不過紅顏似乎只能領薄命的劇本，她們多數婚姻不幸，有些是夫死守寡，像是本文介紹的女主人翁則是被丈夫趕出家門的失婚少婦。另外，《今昔物語集》、《宇治拾遺物語》、《古今著聞集》的主人翁多出身於近江國（近江国（おうみのくに），今滋賀縣）及甲斐國（甲斐国（かいのくに），今山梨縣）兩地，而《日本靈異記》的女主人翁則是集中於尾張國（尾張国（おわりのくに），今愛知縣）一帶。根據紀錄，日本早從八世紀起就有自全國各地「進貢大力女子」（貢進力婦（こうしんりきふ））進京的制度，而關於這些女子來到京城的目的為何，則至今仍未發現相關的記載，僅知進貢大力女子的家族得以免除傜役、獲封田地[20]。

6 主要參考文獻

- 日本霊異記研究会編（一九八二）《日本霊異記の世界》，東京：三弥井書店

⑳ 主要是分封沒有主人的田地。

- 益田勝実（一九八七）〈大力女譚の源流〉日本文学誌要第三十七号，頁二至十二，東京：法政大学国文学会
- 中田祝夫校注・訳（一九九五）《霊異記》新編日本古典文学全集十，東京：小学館

七 民間文學集成——《今昔物語集》

1 作者與作品簡介

平安時期貴族文學、女流文學蔚為風潮，此時出現了一種屬於庶民的文學形式——「說話」（說話）。沿襲自神話、傳說，「說話」興起於平安時期的民眾之間，主要取材自發生在人們身邊的事件，藉由口耳相傳的方式傳播。奈良藥師寺的僧侶「景戒」於平安前期，也就是西元九世紀左右編寫的《日本靈異記》，是日本最早的說話作品集，當中收集了佛教傳入之後發生於日本的各種佛教傳說與靈驗神跡，用來教化民眾、宣揚宗教理念的工具。平安中葉起，《三寶繪詞》、《打聞集》等佛教說話集也陸續問世。就在同一時期，另外一種描述一般民眾生活的「世俗說話」也逐漸發展成形。

十二世紀初期，出現了一部集結佛教與世俗兩種形式的說話集——《今昔物語集》。這是一部三十一卷的說話作品集，第一至第五卷為天竺（印度）部、第六至第十卷為震旦（中國）部、第十一至第三十一卷為本朝（日本）部①。每一部又可概分為「佛法」與「世俗」（另有「王法」一說）兩類，總共收錄了一〇五四話。故事通篇統一以「今昔（いまはむかし）」（很久很久以前）開始，最後以「トナム語（かた）リ伝（つた）ヘタルトヤ」（聽說故事就是這樣的）結束。平安晚期白河上皇（白河上皇（しらかわじょうこう））實行「院政制度」②，為了排除藤原攝關家③參與政治，重用擁有經濟能力的地方豪族以及具備軍事能力的武士勢力。這些原本不屬於貴族階層的人，一躍成為支撐國家的中堅分子，多少顯得有些格格不入。為了教育這些握有經濟與軍事實權，卻缺乏知識與素養的階層，當政者下令編纂此書，作為教化他們的教科書④。

① 其中缺第八、十八、二十一卷，現僅存二十八卷。

② 院政制度始於白河天皇，應德三年（西元一〇八六年）白河天皇讓位給崛河天皇，成為上皇，因當時崛河天皇年方八歲，已退位之白河上皇名為輔佐，實際上是代替天皇繼續執掌朝政。白河上皇以「白河院」自稱，故後世稱之為「院政」制度。簡言之，院政制度就是天皇讓位成為上皇，但仍然保有實權的政治形態，此一制度延續至鎌倉末期近二五〇年之久，之後又斷斷續續實行到天保十一年（西元一八四〇年），院政制度才真正劃下句點。

③ 攝關（摂関（せっかん））為「攝政」（摂政（せっしょう））與「關白」（関白（かんぱく））之合稱。「攝政」是代理天皇執行政務一職，「關白」是輔佐天皇執政的職務名稱。平安時期藤原家作為外戚，以攝政與關白之職務把持朝政，稱之為「攝關政治」。

④ 詳參馬淵和夫、国東文麿、稲垣泰一校注・譯（一九九九）《今昔物語集一》新編日本古典文学全集三十五（小学館），頁五三五。

本著作者不詳，由於其與《宇治拾遺物語》（宇治拾遺物語）重複收錄了約六十篇內容，情節與形式相仿，部分學者認為兩部作品出自同一人之手，即平安後期的貴族源隆國（源 隆国）⑤。另外也有學者鎖定幾位時代相近的人選，像是鳥羽僧正覺猷（鳥羽僧正覚猷）⑥、忠尋僧正（忠尋僧正）⑦、大江匡房（大江匡房）⑧等。更有學者著眼於本書收錄作品數量之龐大、分層結構精細且完整等特質，提出編者不只一人，而是以白河院為中心的僧侶及知識分子集團作業的看法⑨。本書以「和漢混淆文」（和漢混淆文，亦稱「和漢混交文」）編輯而成，這是一種出現於平安晚期漢字夾雜假名的表記方式，兼具漢文簡潔、強而有力以及和文柔和的特質。

早期《今昔物語集》被當成考證平安時期民眾生活的資料，民俗學的價值受到肯定，然而其文學性非但未被重視，甚至被評為文學價值極低的作品。為本書帶來轉機

⑤ 源隆國（西元一〇〇四至一〇七七年）出身平安後期的貴族世家，因曾任「權大納言」一職，亦被稱為「宇治大納言」。他所編纂的《宇治大納言物語》被認為是《今昔物語集》及《宇治拾遺物語》的共同來源。

⑥ 鳥羽僧正覺猷（西元一〇五三至一一四〇年）為源隆國之第九子，平安晚期天臺宗的僧侶，長於繪畫，在繪畫和文學創作中無處不展現其風趣的性格，此一特性恰好符合《今昔物語集》及《宇治拾遺物語》作品中的幽默特質。

⑦ 忠尋僧正（西元一〇六五至一一三八年）同為平安晚期天臺宗的僧侶，也是源氏後代，曾任官僧職務最高等級的「僧正」。

⑧ 大江匡房（西元一〇四一至一一一一年）為平安中期著名文人大江匡衡（西元九五二至一〇一二年）的曾孫，是平安末期具代表性的學者，曾任參議、權中納言等職位，受到五任天皇的重用。

⑨ 除了源隆國、鳥羽僧正覺猷、忠尋僧正之外，由《今昔物語集》的整體組織、文本構想、資料來源等因素，竹村信治提出以白河院為中心的僧侶為可能的編輯團隊。見竹村信治著〈成立と編者〉，收錄於小峯和明編（二〇〇三）《今昔物語集を学ぶ人のために》（世界思想社），頁二一八至二三五。

的關鍵人物是日本近代作家芥川龍之介（芥川龍之介），他以《今昔物語集》為藍本，陸續創作了《羅生門》（羅生門）、《鼻》（鼻）、《芋粥》（芋粥）、《運》（運）、《偷盜》（偸盜）、《往生繪卷》（往生絵巻）、《好色》（好色）、《竹林裡》（藪の中）、《六宮姫君》（六の宮の姫君）、《尼提》（尼提）等數篇小說，受到文學界的高度評價。一時之間洛陽紙貴，吸引了室生犀星（室生犀星）、谷崎潤一郎（谷崎純一郎）、堀辰雄（堀辰雄）、菊池寬（菊池寛）等同時期的作家爭相仿效。西元一九二七年芥川龍之介發表了〈今昔物語鑑賞〉，文中暢談《今昔物語集》的「野性之美」。這篇評論加上芥川龍之介奠定的創作模式，徹底逆轉了《今昔物語集》的文學評價，帶領本書由乏人問津、生硬沈重的古典文學領域，一躍成為吸引民眾目光的文學作品，也隨之帶起了一股研究與創作的熱潮。

2 文本

原文摘錄⑩

漢前帝后王照君、行胡国語第五

今昔、震旦ノ漢ノ前帝⑪ノ代ニ、天皇、大臣・公卿ノ娘ノ、形チ美麗ニ有様微妙キヲ撰ビ召ツヽ見給テ、宮ノ内ニ皆居ヘテ、其ノ員四五百人ト有ケレバ、後ニハ余リ多ク成テ、必ズ見給フ事モ無クテゾ有ケル。

而ル間、胡国ノ者共、都ニ参タル事有ケリ。此レハ夷ノ様ナル者共也ケリ。此レニ依テ、天皇ヨリ始メ大臣・百官、皆、此ノ事ヲ繚テ議スルニ、思ヒ得タル事無シ。但シ、一人ノ賢キ大臣有テ、此ノ事ヲ思ヒ得テ申ケル様、「此ノ胡国ノ者共ノ来レル、国ノ為ニ極テ不宜ヌ事也。然レバ、構ヘテ、此等ヲ本国ヘ返シ遣ム事ハ、此ノ宮ノ内ニ徒ニ多ク有ル女ノ、形チ劣ナラムヲ一人、彼ノ胡国ノ者ニ可給キ也。然ラバ、定メテ喜ムデ返ナム。更ニ此レニ過タル事不有ジ」ト。

---

⑩ 摘錄自《今昔物語集二》新日本古典文学大系三十四（岩波書店）。

⑪ 推測應為「元帝」之誤植。漢元帝劉奭為西漢第十一位皇帝，西元前四十八年至前三十三年掌政。

天皇、此ノ事ヲ聞給テ、「然モ」ト思給ケレバ、自ラ此等ヲ見テ、其ノ人ヲト定メ可給ケレドモ、此ノ女人共ノ多カレバ、思ヒ煩ヒ給フニ、思ヒ得給フ様、「数ノ絵師ヲ召テ、此ノ女人共ヲ見セテ、其ノ形ヲ絵ニ令書メテ、其レヲ見テ、劣ナラムヲ胡国ノ者ニ与ヘム」ト思ヒ得給テ、絵師共ヲ召テ、彼ノ女人共ヲ見セテ、「其ノ形共ヲ絵ニ書テ持参レ」ト仰セ給ケレバ、絵師共此レヲ書ケルニ、此ノ女人共、夷ノ具ト成テ、遥ニ不知ヌ国□⑫行ナムズル事ヲ歎キ悲テ、各我モ我モト絵師ニ、或ハ金銀ヲ与ヘ、或ハ余ノ諸ノ財ヲ施シケレバ、絵師、其レニ耽テ、弊キ形ヲモ吉ク書成シテ持参タリケレバ、其ノ中ニ王照君⑬ト云フ女人有リ。形チ美麗ナル事、余ノ女ニ勝タリケレバ、王照君ハ、我ガ形ノ美ナルヲ憑テ、絵師ニ財ヲ不与ザリケレバ、本ノ形ノ如クニモ不書ズシテ、糸ト賤気ニ書テ持テ参リケレバ、「此ノ人ヲ可給ベシ」ト被定ニケリ。

天皇、怪ビ思給テ、召テ此レヲ見給フニ、王照君、光ヲ放ツガ如クニ実ニ微妙シ。此レハ玉ノ如ク也。余ノ女人ハ皆土ノ如ク也ケレバ、天皇、驚キ給テ、此レヲ夷ニ給ハム事ヲ歎キ給ケル程ニ、日来ヲ経ケルニ、夷ハ「王照君ヲナム可給キ」ト自然

⑫ 因底本破損而缺字。

⑬ 即「王昭君」。王昭君，名嬙，字昭君，西漢南郡秭歸（今湖北省興山縣）人。生卒年有不同的說法（有生於西元前五十一年或西元前五十二年，卒於西元前十五年或西元前十九年兩種說法）。西漢元帝時被選入宮為宮女，竟寧元年（西元前三十三年），南匈奴呼韓邪單于入長安朝覲天子，自請為婿，漢元帝將王昭君賜給呼韓邪單于，並改年號為「竟寧」。

毛延壽為宮女作畫圖

《明仇英漢宮春曉　卷》國立故宮博物院，臺北，CC BY 4.0 @ www.npm.gov.tw

ラ聞テ、宮ニ参(まゐり)テ其ノ由ヲ申(まうし)ケレバ、亦、改メ被定(さだめら)ル事無クテ、遂ノ者ニ給(たまひ)テケレバ、王照君ヲ馬ニ乗セテ胡国へ将行(ゐてゆき)ニケリ。

王照君、泣キ悲ムト云へドモ、更ニ甲斐(かひ)無カリケリ。亦、天皇モ王照君ヲ恋ヒ悲ビ給テ、思ヒノ余リニ、彼(かの)王照君ガ居(い)タリケル所ニ行(ゆき)テ見給(たまひ)ケレバ、春ハ柳、風ニ靡(なび)キ、鶯徒々(うぐひすつれづれ)ニ鳴キ、秋ハ木ノ葉、庭ニ積リテ、檐(のき)ノ□⑭隙(ひま)無クテ物哀(あはれ)ナル事、

⑭ 底本缺字。《俊賴髓腦》之中的同一篇作品的此處為「しのぶ」，即「忍草」，中文稱為「狼尾蕨」或「兔腳蕨」。

云ハム方無カリケレバ、弥ヨ恋ヒ悲ビ給ケリ。
彼ノ胡国ノ人ハ王照君ヲ給ハリテ、喜ムデ、琵琶ヲ弾キ諸ノ楽ヲ調ベテゾ将行ケル。王照君、泣キ悲ビ乍ラ、此レヲ聞テゾ少シ嗳ム心地シケル。既ニ本国ニ将至ニケレバ、后トシテ傅ケル事無限シ。然レドモ、王照君ノ心ハ更ニ不遊モヤ有ケム。此レ、形ヲ憑テ絵師ニ財ヲ不与ザルガ故也トゾ、其ノ時ノ人謗ケルトナム語リ伝ヘタルトヤ。

日文摘要

漢の前帝の后王照君、胡国に行くこと

今は昔、震旦⑮の漢の元帝の時代、皇帝は、大臣・公卿⑯の娘の中で、とても容姿が美しい者を選んで、宮中に呼び寄せていた。その数は四、五百人にも達し、後にあまりに多くなったので、すべての女性をご覧になることもなくなってしまっていた。

⑮ 梵文的音譯，指「秦的土地」，而後成為代表中國的古稱。
⑯ 朝廷的高官貴族。

さて、ある日、胡国⑰の人たちが都にやって来た。野蛮人のような者たちである。このため、皇帝をはじめ、大臣・百官たちは皆、これをどうすればいいかと何度も話し合ったが、いい考えが浮かばなかった。しかし、一人の賢い大臣がいて、ある考えを思い付いた。「この胡国の者たちがやって来たのは、我が国にとってとてもよくないことです。だから、なんとかして彼等をもとの国に追い返したいと思います。そこで、宮中に無駄に多くいる女の中で、容姿が美しくない女を一人、胡国の者に与えましょう。そうすれば、きっと喜んで帰るでしょう。これよりいい方法はないでしょう」と話した。

皇帝はそれを聞いて、なるほどと思った。皇帝は自分で女たちを見て決めようとしたが、数があまりに多くて、誰にするか迷ってしまった。そこで、たくさんの絵師を呼び寄せ、女たちの容貌を絵に描かせて、それを見て、美しくない女を胡国の者に与えようと思い付いた。さっそく絵師たちを召して、女たちを見せ、「この女たちの顔を絵に描いて持ってこい」と命令した。絵師たちは次々と女たちの肖像を描いたが、女たちは野蛮人の持ち物⑱になって、はるか見知らぬ国に行くことをいやがり、争って絵師に金銀を渡したり、あるいはさまざまな財宝を贈ったりした。絵

⑰ 指蠻夷之國。
⑱ 所有物、玩物。

師たちはそれに心を奪われて⑲、きれいでもない顔でも美しく描いて差し上げた。
ところが、その中に王照君という女がいた。彼女はほかの女よりずっときれいであったので、自分の美しさに自信を持っており、絵師に財宝を渡さなかった。それで、絵師は彼女の本来の姿のままを描くのではなく、とても醜く描いて差し出したので、皇帝は「この女を与えよう」と決められた。

だが、皇帝は気になって王照君を呼び出して見てみると、王照君は光を放っている⑳ように本当に美しかった。彼女を玉とすれば、他の女は皆、土のようであった。皇帝はびっくりして、彼女を野蛮人に与えることを嘆いた。何日かたつうちに、野蛮人たちは「王照君が与えられる」ということを耳にして、宮廷にやってきて、彼女をいただきたいと話したので、今更その決定を変更することもできず、結局王昭君を胡国の者に与えてしまった。胡国の者は王照君を馬に乗せて胡国へ連れて行ってしまった。

⑲ 沉迷於、醉心於。

⑳ 散發光彩。「光を放つ（ひかりをはなつ）」一詞為《今昔物語集》天竺、震旦、本朝三部共通的表現，主要有以下幾種使用情境。首先是用以形容身分高貴者之氣質或是佛陀、僧人法力之高強，其次是用來形容身分高貴者或是神聖者的所在之處，亦可用來形容放置特殊或神聖物品的地方，最後則是用以形容女子的美貌。前兩種用法在天竺、震旦、本朝三部均可見，最後一種用法未見於本朝部。由此可知，以「光を放つ」來形容女子之美貌時，主要專指印度或中國等外國女性。詳參蔡嘉琪（二〇一七）〈『今昔物語集』「震旦付国史」巻における異国話——第三十四話の日中両国要素をめぐって〉，《世新日本語文研究》第九期，頁一四一至一六六。

王照君は泣き悲しんだが、どうしようもなかった。皇帝も王照君を恋い悲しむあまりに、彼女が住んでいた所に行ってみると、春は柳が風になびき、鶯がもの寂しげに鳴いている。秋は木の葉が庭に積って、軒に（忍草が）隙間もなく茂り、何とも言えずに哀れで、彼女を恋しく思う悲しさは深まる一方だった。

胡国の者たちは王照君をいただき、喜んで琵琶㉑を弾き、さまざまな楽を奏しながら連れ帰った。王照君は泣き悲しみながらも、音楽を聞いて少し心が慰められた。胡国に着くと、彼女は后としてこの上なく大切にされた。しかし、彼女の心は少しもうれしくなかったであろう。

これは自分の容姿に自信をもち過ぎて、絵師に賄賂を贈らなかったからだと、その時の人々は王照君を非難したと語り伝えられている。

中文摘要

漢元帝妃王昭君入胡國事

從前，在震旦漢元帝時，皇帝挑選容貌姣好的貴族女性入宮，後宮人數眾多，多

㉑ 出自《文選》石崇之〈王明君詞〉：「昔公主嫁烏孫，令琵琶馬上作樂，以慰其道路之思。」

到皇帝都沒看過大多數女子的臉。就在此時，胡人入京，正當滿朝文武百官束手無策時，一位大臣建議從眾多後宮中挑選一容貌下等的女子賜予胡人，以打發他們。皇帝採納了這個方法，於是召集畫師，讓他們為這些女子作畫，從中決定人選。後宮嬪妃不願遠嫁他國而淪為蠻夷的玩物，競相買通畫師。其中有一女子，名為王昭君，她自恃貌美，不願賄賂，畫師便將她畫得十分醜陋。皇帝見此畫像，便決定將她送給胡人。然而，皇帝召見昭君後，發現她貌美如玉、光彩照人，心中感慨萬千，但也只能將昭君拱手讓人。昭君臨行前悲泣不已，皇帝也同樣思念王昭君，頻頻前往她從前的住所，只見荒煙蔓草的淒涼景象。昭君在胡國被立為王后，備受寵愛，但是仍然無法撫慰她的心情。

相傳當時的人們指責，這是由於王昭君自恃貌美，不願賄賂畫師，才落得如此下場。

3 作品賞析

「昭君出塞」的故事相信大家都不陌生。呼韓邪單于稱藩歸附漢朝，自請為婿，西漢元帝從畫像中，挑選了長相不出色的昭君前去和親。昭君向元帝告別時，元帝見她貌美如花，懊惱不已，才知道是畫工毛延壽收取嬪妃的財物，在畫像上動手腳，昭君不願隨波逐流，才造成這樣的結果，因此元帝便下令嚴懲毛延壽。這個故事東傳到日本後，改編收錄為《今昔物語集》第十卷「震旦部付國史」㉒的〈漢前帝后王照君、行胡国語〉。故事的情節與《漢書》、《後漢書》、《西京雜記》等中國歷史記載或文學作品描述的大同小異，不過我們可以在《今昔物語集》裡發現明顯的改寫痕跡。

首先在故事的開頭說道：「從前，震旦漢元帝召集姿色美麗的公卿大臣的女兒們，讓她們全都住到宮中，人數達四五百人。隨著人數越來越多，天子無法一一召見。」詳細刻畫了皇帝選妃的細節，凸顯中國皇帝好色的程度。其中，最具代表性的差異在於昭君的行徑。當所有嬪妃為了不想被選為和親的工具，無不忙著賄賂畫師，希望畫師將自己的容貌描繪得比實際更美時，昭君的反應卻與她們不同。根據《今昔物語集》的描述，昭君對自己的美貌極端自負，拒絕賄賂畫師，於是畫師未按實際長相作畫，故意將她畫得極醜。因此皇帝看了畫像後，決定將畫像中外貌醜陋的王昭君賜給單于。

《今昔物語集》〈漢前帝后王照君、行胡國語〉一文，據推測承襲自平安時期的歌論書《俊賴髓腦》㉓，經過《今昔物語集》編者的改寫及潤飾，不再侷限於單純介紹中國的歷史事件及人物，而是為昭君的下場總結出一個看似合理的原因，這種以街談巷議歸結因果關係的形式，也是《今昔物語集》的一大特色。話末評語當中諷刺昭君

㉒ 與震旦部前四卷的佛法、孝養主題有所區隔，第十卷是以中國史為主題的一卷，共收錄了四十篇故事，可說是日本文學史上首部旨在編輯中國歷史的作品。本卷的結構是效法中國的《史記》，也就是以本紀、世家、列傳的體例編輯而成。這篇以王昭君為題的作品，是與皇帝相關的后妃故事，被歸類為本紀的性質。

㉓ 《俊賴髓腦》（としよりずいのう／しゅんらいずいのう）是院政時期的歌人源俊賴（源俊頼〔みなもとのとしより／しゅんらい〕）以和歌為主題，探討和歌的種類、效用、技法、優劣等，於十二世紀初期編成的歌論書。

自視甚高，才招來這樣的下場，假托眾人之口點出了真正的主旨。除此之外，也透露出編者灌輸給讀者的價值觀，亦即應當支付與勞力對等的酬勞給對方，以免造成無可挽回的下場。《今昔物語集》描繪出咎由自取、自食惡果的昭君，顛覆了中國歷史上昭君被送往匈奴和親，充滿悲劇色彩的既定印象，這種反轉不也是透過平安時期日本人的視角閱讀中國故事的最大樂趣嗎？

《今昔物語集》鈴鹿本

原圖連結：https://rmda.kulib.kyoto-u.ac.jp/item/rb00000125
https://rmda.kulib.kyoto-u.ac.jp/classification/pickup-nt（西元二〇二二年十月四日查閱）
『今昔物語集 (鈴鹿本)』（京都大学附属図書館所蔵）部分
『今昔物語集 (鈴鹿本)』（京都大学附属図書館所蔵）を改変

4 豆豆小知識

相傳《今昔物語集》在完稿前便消失了，那我們今天看到的作品又是哪兒來的呢？《今昔物語集》據估約在十二世紀初（西元一一二〇年之後）開始編纂，在未完成的狀態下便不知去向。一個世紀之後才被人所發現，由僧侶集團在奈良興福寺菩提院南井坊共同抄寫保存，這個版本後來被鈴鹿連胤（鈴鹿連胤 すずかつらたね）所收購，也就是現在通稱為「鈴鹿本」（鈴鹿本 すずかぼん）的版本。抄寫「鈴鹿本」的過程中，原作再度遺失，「鈴鹿本」也隨之消失。十五世紀中葉起，人們在一些私人的文字紀錄中發現「今昔物語」一詞，這才知道作品的存在。

那麼專家們又是怎麼知道這是什麼時候的作品呢？根據與《今昔物語集》相關的文獻考證，並以先進的儀器對挖掘出的抄本裝訂的線材做年代分析，推斷其材質應為十二世紀的產物，因此才有作品成書於十二世紀的說法。

我們現在看到的《今昔物語集》當中，有許多或短或長的空白，其中部分是紙張被蟲啃咬所造成的空缺，因此出版的時候以空格「□」標示。但大多數的空格是作者有意為之，因此這部作品早期被人評論為「未完成的作品」。這些空缺短的有一兩個字，長的有成句、整段、整篇、整卷，研究者將其與描寫同樣內容的書籍或文獻對照之後發現，書中的空白處並非單純的留白，而是作者原本想寫卻沒寫、或是基於特殊理由不能寫出來而造成的空白，因此將這些缺字、缺句、缺文、缺話、甚至是缺卷，稱為「有意識的空缺」。缺字主要可分為兩類，一種是作者編輯時所參考的資料中沒有載明的專有名詞，例如人名、地名、中國的朝代名等，另一種是無漢字表記慣例的和語。作者原本計畫先空下來，之後再補上，卻不知什麼原因沒能補上，或是根本想不出應如何填補。考量到作者留白背後的意涵，《今昔物語集》出版時以「□」標示出來，並依照學者推測應補的字數長度，調整空格數。因此我們現在看到的《今昔物語集》中，才會有這樣長短不一的空格穿插其中。

5 主要參考文獻

- 芥川龍之介（一九二七）〈今昔物語鑑賞〉（新潮社版『日本文学講座』第六巻初出），日本文学研究資料刊行会編（一九七〇）《今昔物語集》日本文学研究資料叢書，頁一四〇至一四三，東京：有精堂
- 池上洵一訳注（一九八〇）《今昔物語集十震旦部》全二卷，東洋文庫，東京：平凡社
- 古川千佳（一九九六）〈国宝——今昔物語集（鈴鹿本）〉，京都大学貴重資料デジタルアーカイブ〈https://rmda.kulib.kyoto-u.ac.jp/classification/pickup-nt〉（西元二〇二二年十月四日查閱）

- 小峯和明校注（一九九九）《今昔物語集二》新日本古典文学大系三十四，東京：岩波書店
- 小峯和明編（二〇〇三）《今昔物語集を学ぶ人のために》，京都：世界思想社
- 蔡嘉琪（二〇一七）〈『今昔物語集』「震旦付国史」巻における異国話——第三十四話の日中両国要素をめぐって〉《世新日本語文研究》九，頁一四一至一六六，臺北：世新大學日本語文學系

國家圖書館出版品預行編目資料

日本文學經典賞析 ②中古文學篇：雋永傳世的散文 / 蔡嘉琪著
-- 初版 -- 臺北市：瑞蘭國際, 2025.06
160面；17x23公分 --（日本文學系列；02）
ISBN：978-626-7629-41-3（平裝）
861.63　　114005487

日本文學02

日本文學經典賞析
②中古文學篇：雋永傳世的散文

作者：蔡嘉琪
責任編輯：葉仲芸、王愿琦
校對：蔡嘉琪、葉仲芸、王愿琦、詹巧莉
特約編輯：詹巧莉

封面設計、版型設計：劉麗雪
內文排版：陳如琪
美術插畫：吳晨華

瑞蘭國際出版
董事長：張暖彗
社長兼總編輯：王愿琦

編輯部
副總編輯：葉仲芸
主編：潘治婷
文字編輯：劉欣平
設計部主任：陳如琪

業務部
經理：楊米琪
主任：林湲洵
組長：張毓庭

出版社：瑞蘭國際有限公司
地址：台北市大安區安和路一段104號7樓之1
電話：(02)2700-4625・傳真：(02)2700-4622
訂購專線：(02)2700-4625
劃撥帳號：19914152 瑞蘭國際有限公司
瑞蘭國際網路書城：www.genki-japan.com.tw

法律顧問：海灣國際法律事務所　呂錦峯律師

總經銷：聯合發行股份有限公司
電話：(02)2917-8022、2917-8042
傳真：(02)2915-6275、2915-7212
印刷：科億印刷股份有限公司
出版日期：二〇二五年六月初版一刷
定價：四五〇元・ISBN：978-626-7629-41-3